神様のコドモ

JN228969

目次

神様の子の暇つぶし

吾輩《わがはい》は暇《ひま》である。作・神様の子。

くだらねぇ。

ただ猫を暇に変えただけではないか。僕は僕自身に呆《あき》れた。しかしこんなつまらない考えが浮かぶほど暇なのだ。

ならばひつまぶしでも食べようかなあ。

うわあやっちゃった。

僕は神様、の子供だ。正確に言うと日本の神様の子供。

僕は今人間界の遥《はる》か上空から日本列島を眺《なが》めてる。本来は神様の役目なのだけれど神様は今ハワイ旅行に出かけてる。人間になりすまして。ロマンスグレーのダンディな『人間スーツ』姿だった。神様はあくまで出張と言っていたけれど本当かなあ？　バカンス気分で今頃ビーチで好みの女の子を物色してるんじゃないのかなあ。

ま、そんなことはどうでもいい。

とにかく神様が出張から帰ってくるまでの間じっと日本を眺めていなくてはならない。と言っても、特に何もない、はずなのだけれど。

今僕は日本列島を見下ろしているのだけれど、親指と人差し指で拡大したり縮小したりすることができる。スマホみたいに。

しかし本当に暇である。

時刻は午後五時三十分。

一日中日本列島を眺めているけれど今のところ特段何もない。神様は未来を知っているけれど僕は知らない。だから大きな何かが起こらないかワクワクして待っているのだけれど。

〝神族《しんぞく》〟の者は基本人間と深く関わってはいけないのが鉄則だ。無論《むろん》人間の運命を変えるのも、である。

ならば僕たちは何の為《ため》に存在してるのか甚《はなは》だ疑問なんだけれど。

ああ暇だ。

叫《さけ》びたい。叫ぶならマイクのスイッチをオフにしないと。オンのまま叫んだら一億何千万人いる日本人全ての鼓膜《こまく》が破れる。

僕は東京都に指を伸ばして拡大してみた。東京を選んだ理由は特にない。
日本は今梅雨《つゆ》だ。ざあざあ雨が降っている。
ありんこよりも小さい人間がうじゃうじゃ傘《かさ》を差して歩いてる。
色とりどりの傘。僕には花が咲いてるみたいに見えた。
それが何だか気に食わなかった。
綺麗《きれい》なものを見ていたってつまらない。僕はロマンチックな乙女《おとめ》じゃないんだ。
平和はもっと嫌いだ。
そう日本は平和すぎる。だから退屈《たいくつ》なんだ。
他の国は日本よりも数倍エキサイティングだ。不幸で溢《あふ》れてる。
僕は息を呑《の》んだ。想像するだけで胸が騒《さわ》いだ。
少しくらいならやっちゃってもいいよね？　神様が気づかない程度なら。
僕は呼吸を止めて東京都に少し顔を近づけた。
ほんの小さくフッと息を吹きかけてみる。
やっちゃったやっちゃった！
僕は東京都を更《さら》に拡大してみた。

渋谷《しぶや》の大型ビジョンに気象情報が流れる。
『東京都全域に竜巻《たつまき》警報』
数秒前までたくさん開いていた色とりどりの傘が一つも開いていない。
一瞬にして花が枯《か》れ果てたような光景が、僕は愉快《ゆかい》でたまらなかった。

パスワード

ああ暇だ。暇だ暇だ暇すぎる。

暇すぎて屁《へ》こいちゃった。

日本列島全体に向けてしちゃったから一億何千万人いる日本人全てが臭《にお》いに苦しんでるに違いない。

朝からニンニクチップをたっぷりのせたステーキを食べたからヤバイぞ。

異臭《いしゅう》テロだああ！

「…………」

僕は虚《むな》しくて溜息《ためいき》が出た。

ああつまらない。ワイドショーは芸能ネタばかり。カップル誕生とか結婚とかどうでもいいわ。早く別れろっつうの。

まあ歌舞伎《かぶき》役者とアイドルのネタはまあまあ面白かったかなあ。

ああ人間界に遊びに行きたい。

誰もが振り向くハンサムボーイの人間スーツを着て。

神様は一体いつ帰ってくるんだろう。全くバカンスを満喫《まんきつ》しすぎだ。

日本列島を眺めているばかりじゃ退屈だ。このままだと頭にうじゃうじゃ毒キノコが生えてきそうだ。

胡座《あぐら》をかいて日本列島を眺める僕はすぐ傍《そば》に置いてあるスマホを手に取った。

ゲームでもしよう。敵をばったばったと倒《たお》していくアクションゲームだ。今一番ハマっているアプリである。そろそろライフも全快《ぜんかい》だろう。

つい先ほどクリアしたのは確か787ステージだった。全クリまで残り213ステージだ。

さあて。

スマホをタッチすると4×4の小さな点が画面に映った。

パスワードだ。16の点を線で結ぶタイプだ。

順番は考えるまでもない。指が憶《おぼ》えている。

僕はスイスイと線を引く。星よりも複雑な、魔方陣《まほうじん》に似た形だ。他の者には絶対に解けない難しいパスワードだ。

形はかなり複雑だけれど一秒もかからない。自分が作ったパスワードなのだから当然だ。

当たり前のようにロックが解けてゲームができる。

はずだった。

あれと僕は首を傾《かし》げた。

ブルっとスマホがバイブして、password is incorrect と表示されてしまったのだ。

いつも通りにやったはずなのだけれど……。

あ、今のはちょっと違ったか。

僕は再度指でスイスイと線を引く。

が、なぜかロックが外《はず》れない。

「あれれ？」

思わず声に出してしまった。日本人全てが今この瞬間幻聴《げんちょう》を聞いたはずだ。マイク切らなきゃ。

しかしなぜだなぜ解けない？

あ、こうだっけか？

僕はもう一度正解であるはずの形を描く。
が、やはりダメだ。
ならばこうか？　いやこうか？　ううん、こうだ！
ダメだ解けない……。
僕は頭を抱えた。やればやるほど混乱してきた。
誰かがパスワードを変えたのか？　いやそんなはずはない。
それならなぜロックが解けない？
どんな形だったっけ？　どんな順番だったっけ？
あんな複雑な形にするんじゃなかった。
でも形は間違いないはずだ。魔方陣のような形。
魔方陣魔方陣。あとは順番だ。
僕は一度冷静になって慎重《しんちょう》に線を引く。
が、違う。違う。違う。これも違う。
ええい！
ぐちゃぐちゃに線を引いた、そのときだ。

突如《とつじょ》辺りが暗くなった。

僕のサラサラヘアーが激しく乱れる。扇風機の『強』くらいの風だ。

なんだなんだと僕は頭上を見上げた。

円盤《えんばん》型の飛行物体がユラユラと浮かんでいる。七色の派手な光をチカチカさせながら。

未確認飛行物体というやつか？

僕はスマホと円盤型の飛行物体を交互に見た。

謎《なぞ》に思う僕の脳裏《のうり》にふと魔方陣に似た形が浮かんだ。

どうやら知らぬ間に信号を発信していたらしい。

「呼んでないから。勝手に来ないで」

聞こえてないのか円盤型の飛行物体は依然《いぜん》ユラユラと頭上に浮かんでいる。無邪気《むじゃき》な光を放ちながら。

僕は舌打ちした。

「神の力舐《な》めるなよ。爆破してやろうか！」

優雅にユラユラと浮かぶ円盤がピタと止まった。

しかし相変わらず脳天気に光を発している。

「眩《まぶ》しいよ」

ギラギラの光が一瞬にして消えた。

機体の中まで暗くなる。が、すぐに機内は明るくなった。慌ただしい奴《やつ》、或《ある》いは〝奴ら〟なのか。どうでもいい。

「帰れよ」

円盤がスーッと上昇した。

消える間際《まぎわ》、なぜかピッピと赤い光を二度放った。

舐《な》めやがって。

僕はもう一度舌打ちした。

沖縄

あ、どうも僕です。神様の子です。

相変わらず暇な日が続いているけれど今はちょっと面白い。

いきなりだけれど、結論から言うと人間はやっぱり単純で滑稽《こっけい》な生き物だ。改めてそう思わざるを得ない。

僕は今沖縄の人々を見ている。最大限まで拡大しているから一人ひとりの顔がハッキリと分かる。

人々がいるのは砂浜。海の名前は知らない。日本とは思えないくらい青く透きとおった海だ。

多くの人々が砂浜で歓喜《かんき》している。泣いている者までいる。

なぜなら沖縄では今奇跡が起こっているから。

沖縄で、しかもこの梅雨の時期に、雪が降っているのだ。

言い換える。沖縄県民が勝手に雪だと思い込んでいる。

沖縄で雪が降るはずなんてないのだ。気になってスマホで調べたけれど、大昔に一度だけ『みぞれ』が降ったらしい。それこそ本当の奇跡だ。

基本沖縄で雪なんて降らない。降るわけがない。

だからこそ沖縄県民は感動している。現実を忘れて夢の中だ。

僕は笑いが堪《こら》えられない。大丈夫マイクは切ってある。だから僕の声は人間界には届かない。

しかしいつになったら気づくのだ？

両手を広げて雪を感じている君たち。フワリと手の平に乗ったそれをよく見たまえ。溶《と》けないではないか。溶けるどころかまたフワリとどこかに飛んでいってしまったではないか。

実際見たことがないから分からないのかな？　よおく見れば色も真っ白ではない。うっすら黄色がかっているではないか。

沖縄全土を見渡せば気づいた者もいるだろう。

それが何なのか知った瞬間拍子《ひょうし》抜けし、謎に思うに違いない。

沖縄の人々をからかっているのは僕ではない。犯人は僕の隣《となり》にいる。

僕の妹だ。

まだ一歳になったばかりの可愛《かわい》い妹。どうやって生まれたのかそれは秘密だ。

先日ハイハイからつかまり立ちをし始めて、もう少しで歩き出しそうだ。

妹が今一番ハマっているのは、物を下にポイポイと落とすこと。

沖縄県を眺める妹はパンをギュッと握《にぎ》っていて、指の隙間《すきま》からパン屑《くず》がパラパラと落ちている。

妹は今にも本体を沖縄に投下しそうである。

「そろそろナイナイしよっか」

優しく声をかけた瞬間僕は妹にバチンと顔を叩《たた》かれた。パン屑が鼻に入って僕は大きなくしゃみをした。

あ、沖縄の人たちごめんなさい雪どころじゃなくなっちゃう。

これから台風だわ。

最強キラキラネーム決定戦

太郎は久々に血が騒いだ。こんなにも熱くなったのはいつ以来だろう。四十路《よそじ》に入って子供の喧嘩《けんか》に興奮している自分が少し恥ずかしいが、だからと言ってクールにこの場をスルーすることなんてできない。今時こんな場面には滅多《めった》に遭遇《そうぐう》しない。スマホアプリゲームのガチャでたとえたらスーパーレアだ！

どちらも見るからに高校生である。ブレザー軍団対学ラン軍団。頭数はどちらも八人。舞台である公園内が急に静まりかえった。

十六人が互いに睨《にら》み合っている。火花バチバチである。今にも大乱闘が勃発《ぼっぱつ》しそうな勢いだ。

園内のトイレに隠《かく》れてハラハラして様子を眺《なが》める太郎の喉《のど》がゴクッと鳴った。地蔵《じぞう》のように動かないが頭の中では激しく実況している。

太郎は彼らがなぜ喧嘩になったのか経緯は知らない。

どんな因縁《いんねん》があるのかそれは知る由もないが、予《あらかじ》め場所と日時を決めていたのかもしれない。お互い同じ数だからそんな気がするのだ。

さあいよいよ決闘《けっとう》かっ！

太郎が頭の中で叫んだ、そのときだ。

ブレザー軍団の先頭に立つ男子が一歩前に出た。どうやらリーダーらしい。

「俺の名前はナイフだ。刃と書いてナイフ。どうだ俺の名前よりつえぇ奴いねえだろっ！」

え？

太郎は思わず声が出た。色々な意味で。

まさかのキラキラ？

てゆうか本当にナイフっていう名前なの？

いやいや突っ込むべきところはそこじゃないし。

「そっか」

太郎は一人で勝手に納得《なっとく》した。

八対八だけれど決闘するのはリーダー同士なんだ。タイマンってやつだ。それならまずはお互い名を名乗らないとね。

太郎は気を取り直して再び実況を始めた。

ナイフと名乗った少年は満面のドヤ顔である。少し背伸びして相手連中を見下ろしている。

学ラン軍団は一切怯《いっさいひる》んだ様子は見せず、先頭に立つ男の子が同じく一歩前に出た。

「俺の名前は剣《けん》と書いてソードだ。どうだ！　ナイフよりソードの方が圧倒的につぇえだろ！」

太郎はズッコケそうになった。

学ラン軍団もまさかのキラキラ？　しかもソード？

二人ともマジなの？

いやいやだから突っ込むべきところはそこじゃないって……。

もしかして名前で勝敗をつけるつもりなのか？　最強キラキラネーム対決？

これが今時の子供たちの喧嘩の仕方なのか？　いやまさか！

太郎は信じたくなかったが、ナイフ率いるブレザー軍団が後ずさった。

「ぶははは！　どうだ俺たちの勝ちだ！」

勝ち鬨《どき》を上げる学ラン軍団の目の前に五人組の私服軍団が現れた。彼らも高校生であろう。

青いパーカーを着た男の子が両軍団に歩み寄る。

「さっきから聞いてるけど、それなら俺の方が強いぜ。俺の名前は寿《ことぶき》に紋《もん》と書いてジュモンだ。呪文《じゅもん》を使えばソードなんて一発だぜ」

「な、なにぃ」

今度はソードたちが後ずさる。

太郎は開いた口が塞《ふさ》がらなかった。

マジのマジのマジでジュモンという名前なのか？

親はどういうつもりで名付けたのだろう。ふざけているとしか思えない。

今はまだいい。でも年をとったとき彼らはどう思うのだろう。八十過ぎてナイフとかソードとかジュモンとか恥ずかしすぎだろう。

特にナイフだ。切れ味悪いナイフだな、と突っ込まれるのは明白だ。

「それならさあ！」

どこだどこだどこからだ。突然女子の声がした。

寿紋たちの前に若いカップルが現れた。二人もまた高校生くらいだ。

「私の彼の方が強いよ。凸《とつ》と書いてタンクだもん」

「いやいやタンクだって魔法で一撃だから」

「でも魔法を使うのは魔法使いでしょ？　魔法使う前にドカンとされたら一発で死ぬよ？」

「ドカンとされる前にフリーズの呪文使って、で、炎の呪文で爆破してやるよ！」

両者なかなか譲《ゆず》ろうとしない。

敗者となったナイフとソードが顔を見合わす。どちらに軍配《ぐんばい》を上げるべきか悩んでいる様子だ。

トイレの中で観戦する太郎もどちらが勝者か迷う。

太郎はふと、ここで自分が出て行ったらどうなるんだろうと思った。

この時代に太郎だなんてある意味最強だ。しかも名字は山田だ。

見本じゃないんだからって常に思ってた。

名前のせいでイジメられたりもして、その度《たび》親を恨《うら》んだ。

今はどうでもいいけれど。

『山田太郎』という名前はある意味天然記念物だ。生ける化石《かせき》だ。

勇気を持って名乗り出ようとした矢先《やさき》、

「あ、あのう」

二十歳《はたち》くらいだろうか。おかっぱ頭の弱々しい青年が現れた。

「名字も入れていいんですかね？」

青年が言った。

誰も許可してないが、

「僕の名前は平に気と書いてヘイキといいます。ええそのままです」

「ちなみに名字は？」

男子の声だ。太郎はもはや誰の声か分からない。

「角です。名字を入れたらカクヘイキです」

全員が響《どよ》めいた。

しかし太郎は腑《ふ》に落ちない。

名字込みはズルい気がする。

名前だけだったら全然キラキラじゃない。

ルール的にＯＫなら確かにカクヘイキが最強だけれど……。

どうしても納得のいかない太郎は、最後に自分の名前がどう判断されるのか聞いてみたかった。

勇気を出してトイレから出たその刹那《せつな》、ランドセルを背負った男の子が現れた。分《ぶ》厚《あつ》い漫画《まんが》雑誌を抱えながら。

「僕が最強だと思うよ」

声変わりの途中だろうか。ハスキーボイスが可愛らしい。

「ほう、名乗ってみろや」

輪の中から挑発するような声が飛んだ。

しかし男の子は挑発になど乗らず、頬《ほお》をポリポリと掻《か》きながら言った。

「神」

全員、一瞬時間が止まったようになった。

「神と書いて、ゴッドだよ」

太郎を含め、公園内にいる者全てが口を揃《そろ》えて言った。

そりゃ最強だわ。

ミスキラキラネーム決定戦

もうじき二歳になる娘萌子《もえこ》を砂場で遊ばせる小野《おの》花子《はなこ》は、娘が作るお団子《だんご》ではなく密《ひそ》かに別のことが気になっていた。

突然女同士のバトルが始まったのだ。

女同士と言っても二人ともまだ四、五歳の幼い女の子だ。しかし言葉遣《づか》いやその内容を聞く限り彼女たちはもはや子供ではない。

彼女たちはすでに『女』だ。早くも自分たちが女であることを知っている。

二人とも数秒前までは楽しそうにブランコをこいでいたのに、今は両方ともこぐのを止《や》めてお互い睨《にら》み合っている。

「絶対サファイアちゃんより私の名前の方が可愛いと思うわ」

「ううん、それはない。ルビーちゃんより私の名前の方が可愛いし美しいわ」

花子は二人の名前にも驚かされた。

サファイアにルビー。

一体どんな漢字なんだろう。『萌子』もなかなかのキラキラだと思っていたけれど、二人に比べたら全然普通だ。

花子なんて恥ずかしいレベルじゃない……？　珍しすぎて保護されるんじゃないかしら、と花子はつまらないことを考えてしまった。

二人の言い争いはまだ続いている。

どちらが可愛い名前か、だなんて。

決着なんかつくはずないと花子は考えていた。

でもどんな結末になるのか。それはどうしても知りたい。女の争いを最後まで見届けたい。どうか萌子がぐずらないようにと花子は祈る。

おや？　と花子は一人の別の女の子に注目した。

激しい舌戦《ぜっせん》を繰り広げる二人の元に笑顔で近づいていく。

年は彼女たちと同じくらいだ。どうやらお友達らしい。

「二人ともどうしたの？　喧嘩《けんか》してるの？」

「サファイアちゃんがね、私の名前より自分の名前の方が可愛いし美しいって言うの」

「名前の可愛さなら私が一番よ」

その女の子が想定外の発言をした。花子は俄然《がぜん》色めき立つ。まさかそう来るとは思ってもいなかった。

「オリヒメ、が一番可愛いに決まってるじゃない」

花子は言葉にならない声を上げた。

確かに可愛い、と共感した。キラキラすぎないからバランスもいい。

漢字はきっとそのまま『織姫《おりひめ》』だろう。

誕生日は絶対七月七日だ。

「オリヒメよりルビーよルビー」

「絶対サファイアよ」

花子の想像通りの反応だった。二人が譲《ゆず》るはずがない。

「二人とも宝石でしょ。宝石だったら他にもいるじゃない。ダイアちゃんでしょお、それにエメラルドちゃん。だから二人とも一番ではないわね」

二人とも、うっと言葉に詰まる。

「なかなかやるわねオリヒメちゃん」

花子は娘そっちのけで女のバトルに夢中になり、目が離せない。

「オリヒメちゃんだって」

サファイアちゃんが反論する。

「同じクラスにナガレボシちゃんとか、キララちゃんとかいるじゃない。二人と名前似てるでしょ？」

「ぜんっぜん似てないから。私が一番よ」

「ないない」

「そうよ、オリヒメちゃんの一番はない」

花子は益々《ますます》熱くなる。なによこれ下手《へた》な昼ドラより面白いじゃないのっ！

「もう無理ね。いくら話したって決まらないわよ」

大人になったのはオリヒメちゃんだった。これでバトルは終息《しゅうそく》か、と花子は思い込んでいた。

「あそこのおばさんに決めてもらおうよ。ずっと私たちの会話聞いてたわよ？」

オリヒメちゃんが花子を指差す。

花子は背筋《せすじ》に針金を通されたみたいにピンとなった。

「私？　てゆうかおばさん？」

三人がやってくる。花子は心臓が暴れた。どうしようどうしよう。誰が一番なんだろう。

ダメ決められない！

誰か助けて、と心の中で叫んだそのときだった。

「私が一番よ！」

どこで会話を聞いていたのか。突然、白いシャツに黒いスカートを穿《は》いた女の子が現れた。

花子はすぐにその女の子に惹《ひ》きつけられた。

一言で言うと美人だからである。雰囲気《ふんいき》もどこか独特で幼いながら妖艶《ようえん》である。

顔や存在感だったら彼女が圧倒的勝利だ。

「アナタどこの子？」

ルビーちゃんが目を細めて言った。名前とは裏腹《うらはら》にとても冷たい態度だ。

「昨日越してきたの」

「で、名前は？」

サファイアちゃんも同様にとても厳しい。

しかし謎の美少女は一切怯《ひる》むことなく、それどころか自信に満ち溢《あふ》れた顔でこう言った。

「ヨウキヒ、よ」

三人は当然意味が分かっていないが、花子は感動の声を上げた。

名前を知って益々《ますます》彼女が輝いて見えた。

花子の中では一瞬で勝敗がついた。

世界三大美女に勝てるはずがない。

「ママぁ」

娘の萌子がお団子作りを止めて立ち上がる。

花子はふと思った。

萌子から『小町《こまち》』に改名しようかしら、と。

ドロン

とある十階建てのマンションの屋上に立つドロンは興奮を隠しきれない。

操縦機《そうじゅうき》を握る手が震《ふる》える。心臓の鼓動《こどう》が激しすぎてもうどうにかなってしまいそうだ。

目指すは国会議事堂。

無人偵察機《ていさつき》は順調に進んでいる。

操縦機に内蔵されているモニターを見つめて慎重《しんちょう》に操作《そうさ》する。

ドロンは自分も一緒に空を飛んでいる気分だった。鳥ってこんなに優雅で、自由で、気持ちのいいもんなんだなあと改めて思う。

ドロンという名は無論本名ではない。

ハンドルネームだ。しかし本名はとっくに捨てた。現実世界では価値がないからだ。

今はドロンが本名だと本気で思ってる。

ドロンはネット配信者だ。

無人偵察機を飛ばして、撮影した映像をネットで公開している。

ドロンの生配信には常に一万人以上の視聴者が集まる。配信する内容が過激だからだ。

主に愉快犯《ゆかいはん》予備軍向けの映像や、変態《へんたい》向けの映像、である。

ドロンがまだ中学二年生だから、というのも人気の理由の一つだ。

ドロンは多くの視聴者からたくさんの支援を受けて放送している。

無人偵察機も当然視聴者からの援助で購入した。

毎日口座《こうざ》には一万円以上の金が入る。ドロンは、そこらへんのサラリーマンよりも収入を得ていると思うと何だか笑えた。無能な大人が可哀想《かわいそう》だ。でも仕方ない無能なのだから。一生無能として生きて行くしかないんだ。

そんな無能たちのためにドロンは日々撮影している。無能かつ平凡な日々なんてあまりに気の毒だ。少しでも刺激を与えてあげないと。

「さて、さてさてさて」

間もなく国会議事堂に到着する。

恐らくすぐに発見されるだろうからちゃっちゃと任務を遂行《すいこう》しないと。

無人偵察機の高度を更《さら》に上げたそのときだ。

ドロンの動作が止まった。

振り向かなくても気配《けはい》で分かる。

警察だ。大勢に取り囲まれた。

「北嶋良幸《きたじまよしゆき》くんだね？」

そんな名前は知らない。ドロンは操縦に集中する。

「ドロンくん、だろ？」

ドロンはやっと返事をした。

「そうだよ」

「ちょっと一緒に来てもらえるかな？」

「なぜ？」

「迷惑防止条例違反という言葉を知ってるかな？」

「さあ知ーらない」

嘘《うそ》だ知ってる。当然心当たりもある。

一昨日《おととい》のアレだ。

とある団地に住む四十代と思われる女が部屋に配達作業員を招《まね》いて情事に夢中になっていた。

たまたますぐ近くで無人偵察機を飛ばしていたドロンはお宝現場に遭遇《そうぐう》するなり撮影を開始してスクープ映像を入手した。そしてそれをモザイク処理もせずネットで公開したのである。

翌日には問題になって、いよいよ警察が動き出した。

どうでもいいのだけれど。

「よくここが分かりましたね」

ドロンは警察官に背を向けたまま言った。

「後ろを見てみなさい」

ドロンは依然無人偵察機を操作している。だから一瞬だけ振り向くつもりだった。

が、ドロンは想定外の展開に固まった。

自分の周りにいくつもの無人偵察機が浮遊《ふゆう》していたからだ。

警察官は十人。無人偵察機はいちにいさん……。

十三機。

ドロンは唾《つば》をゴクリと呑んだ。

「これを飛ばしている者たちから通報があってね。君がここにいるって」

ドロンは再び警官に背を向け操縦に集中する。危ない危ない落ちるところだったではないか。

「さあ操縦を止めて一緒に来てもらおうか」

ドロンは相手が一歩踏み出したのを知った。

「動かない方が良い」

背を向けたまま言った。

「今僕が飛ばしているドローンには爆薬を積んでるんだ。落ちた瞬間、ドカーンだ」

駄《だ》洒落《じゃれ》じゃない。韻《いん》を踏んだつもりもない。

「なん、だと」

ドロンは振り返る。

警官たちが怯《ひる》んだ姿を見て、ほくそ笑んだ。

イタズラ野郎には制裁を

僕は手を叩いて笑った。

ドローンに爆薬を積んだ、とは。

咄嗟《とっさ》に思いついたのかな？　なかなか面白い嘘ではないか。一瞬鵜呑《うの》みにした警察も警察だけれど。しかし呆気《あっけ》なく捕《つか》まってしまって残念だ。

あ、どうも僕です。神様の子です。

どうでもいいけど、世の中にはドロンみたいに下らないイタズラをする奴がたくさんいる。何の得にもならないイタズラ。

あ、ほら、ちょうどここにもいた。

普段僕はイタズラ野郎を見つけても放置するけれど、コヤツは放っておくわけにはいかない。

僕は指をパチンと鳴らした。

スーツを着たとある若い男の目の前にドボっと茶緑の液体が落ちる。

鳥の糞《ふん》をイメージしたものだ。成分は秘密だ。

実際男は鳥の糞だと思ったろう。

男がわあと声を上げた。

するとすぐ隣にいた老婆が驚いて尻餅《しりもち》をついた。老婆は買い物帰りであり、袋からグレープフルーツがこぼれる。

黄色いグレープフルーツがコロコロコロコロ転がっていく。

近くにいた風船を持つ子供があっと風船を放してグレープフルーツを追いかける。

しかし追いつくことができず、グレープフルーツは車に踏まれて果実が弾《はじ》け飛ぶ。

果汁がすぐ傍にいた女性の目に入る。

女性は犬の散歩をしており、驚いてリードを放してしまう。

自由になった大型犬は子供が手放した風船をワンワンと吠《ほ》えながら追っていく。

女性が呼び止めるが犬は止まらない。

すると自転車で巡回中の警官が現れ、女性は警官に犬を捕まえてほしいと頼む。

警官は立ち漕《こ》ぎで犬を追う。

風船が見えなくなると犬は走るのを止めて警官を振り返る。

警官は自転車を降りてリードを手に取る。安堵《あんど》した警官の視線の先には、高架下《こうかした》の壁にスプレーで落書きしている少年の姿があった。

イタズラに気づいた警官は犬の飼い主にリードを渡すなり笛を吹いた。少年は慌《あわ》てて走り去る。

いつもの僕なら警官から逃げる少年の様を愉快《ゆかい》に思って見ていただろう。でもこのときは違った。

少年がいた場所というのは落書きで有名な場所であり、壁《かべ》にはズラリと落書きがされている。

しかしどの落書きも落書きとは思えぬほどよく描かれていて、今では観光名所となっているくらいだ。役所も今や『芸術』として認めており、故《ゆえ》に壁に描かれた落書きを消すことはしない。

少年は芸者の落書きの上に適当にスプレーを吹きかけていた。

芸者の絵はどうでもいい。

僕が危惧《きぐ》していたのはその隣の宇宙の絵だ。

我ながらよくできた作品だと思う。

数年前、人間界に遊びに行ったときにペンキを使って描いたものだ。

少年は芸者の絵をスプレーで塗りつぶした後、僕の作品にもイタズラしたかもしれない。

僕は結果的にイタズラ野郎を退治できて胸を撫《な》で下ろした。

最後に言っておくが、僕のはあくまで落書きではない。芸術だ。

釣り

ああ退屈だ。

相変わらず暇すぎる。

こんな退屈なときは、そうだ京都へ行こう。

ではなく釣《つ》りでもしよう。

僕は指をパチンと鳴らした。

パッと現れたのは白い紐《ひも》だ。

僕は今手に持っている白い紐を使うことになんの躊躇《ためら》いもない。

これから神族の掟《おきて》を破ることになるかもしれないけれど構《かま》わない。

さて、釣りには餌《えさ》が必要だ。

僕はまたパチンと指を鳴らす。

餌はパンだ。チョココロネ。お金にしようか迷ったけれど金では釣れないだろうと思ってパンにした。

途中落っこちないようにしっかりと結びつけてそっと人間界に紐を垂《た》らす。

場所は適当だ。

群馬《ぐんま》か？　栃木《とちぎ》か？　拡大してないから正確には分からない。両県の県境だ。

さてさてどんな獲物《えもの》が釣れるかな？

釣りに一番必要なのはズバリ根気だ。集中力と忍耐力が試されるスポーツだ。

と考えた矢先だった。

かかった！

クイ、と強い当たりを感じたのだ。

僕は紐を強く握ってグッと引っ張る。

この手応え、なかなかの大物だ！　バタバタと暴れているのが伝わってくる。僕はゾクゾクした。

ヨイショヨイショと紐を手繰《たぐ》り寄せる。

釣れたのは、人間だ。

みすぼらしい格好をした、窶《やつ》れきった男だ。見た目は四十代後半だが、実際は三十七だったか？

男の首には白い紐が巻き付いている。

青い顔でぐったりとしている。

しかし男はまだ死んでない。気絶《きぜつ》した状態だ。

男の名は椎名《しいな》賢治《けんじ》。

一年前、群馬県在住の女子大生を殺害した犯人だ。

椎名は女子大生に乱暴した後、自らがしていたネクタイで首を絞《し》めて殺害。金品を奪《うば》って逃走し、群馬県の山奥に身を潜《ひそ》めて逃亡生活を送っていた。雨水を飲み、草やキノコで空腹を凌《しの》ぎ……。

いやそんなことはどうでもいい。

僕はこの男に執着《しゅうちゃく》していたわけではない。警察が捜索《そうさく》に難航していたから男を釣り上げたわけでもない。

あくまで偶然《ぐうぜん》だ。

釣れた獲物が偶然、逃亡している殺人犯だった、というだけだ。

しかしこの男、どうするべきか。

死なすべきか。生かすべきか。

僕は生かすことを選択した。その方が男にとって地獄だからだ。
目を覚ます前にリリースしなければ。
どこにしよう。警察署の前でいいか。目を覚ましたらびっくりするだろうな。
「ああ、僕はとうとう人間の運命とやらを変えてしまったなあ」
言っただけだ。罪悪感なんてこれっぽっちもない。
僕は辛《かろ》うじて息をしている男にゴメンねと言った。
しつこいようだけれど君が釣れたのは偶然だよ。
食べ物に食い付いた君が悪いんだ。

神様に代わってお仕置きよ♡

目には目を。歯には歯を。

実にいい言葉だ。

復讐《ふくしゅう》の方法として最も正しいと僕は思う。想像しただけでゾクゾクするではないか。

もっとも僕が復讐するのではない。正確に言えばお仕置《しお》きだ。

彼らはその男に復讐することができない。絶対に。だから僕が神様に代わってお仕置きするんだ。

男の名前は児玉武《こだまたけし》。五十五歳。

断言する。児玉は人間のクズだ。生きている価値がない。

神様の子である僕に見られているとは知らず、馬鹿な奴だ。

日本は雨だ。無論僕が降らせているわけではない。

さあて児玉が仕事場から出てきたぞ。これから地獄を見せてやろうじゃないか。

傘を差していても無駄《むだ》だ。

僕にはスマホの画面までハッキリと見えているんだから。
呑気《のんき》に女性とメールしている。どうやらこれから会うらしい。
僕は児玉のおよそ十メートル先にある水たまりを見た。
あの水たまりがいい。
メールをしながら歩いている児玉は水たまりの存在には気づいていない。
そして気づかぬまま、水たまりをビシャリと踏んだ。
その刹那《せつな》、児玉の身体《からだ》が水たまりに呑《の》み込まれた。
児玉が踏んだ水たまりは魔の水たまり。
足を踏み入れたら最後、自力では絶対に這《は》い上がってこられない。
底なし沼ならぬ、底なしの水たまり、だ。
ブクリブクリ。アワアワアワアワ。
児玉の叫び声だ。
そうだ苦しめ。おまえの脳裏《のうり》には今何が映っている？
懺悔《ざんげ》する余裕《よゆう》なんてないか。
彼らもおまえと同じように苦しい想《おも》いをしているんだ。毎日毎日。

彼ら、とは繊維《せんい》製品製造業で働く青年たちだ。

彼らは知的障害者である。

児玉は何の抵抗もできない弱者たちを虐待している。少しでもミスをすればお仕置きだ、と言って水を張ったバケツの中に頭を押し込んで苦しませている。

今日はあまりのショックで気絶《きぜつ》してしまう子もいた。

他の従業員は見て見ぬフリだ。むしろ楽しんでいる奴もいる。

最初は、内部の秘密を世間に知らしめて児玉が今の職場で働けぬようにしてやろうかと考えたがそれだけでは甘い。甘すぎる。

一番の制裁はやはり目には目を。歯には歯を、だ。

公にする前にお仕置きして同じ苦しみを味わわせてやらなくては。

児玉はあくまで健常者なのだから彼らの数倍、いや数十倍は苦しんでもらおう。

心配するな。

僕は命までは奪《うば》わない。あくまで神様の子であって悪魔ではないんだから。

でも今の苦しみは後の苦しみを考えれば楽な方だと思うよ。

この先、おまえは今以上の苦しみ、地獄を味わうだろうから。

青い魂

僕は青い魂《たましい》と一緒に空の上から、とある家族会議を眺めている。少し前までは腐《くさ》ってしまいそうなくらい退屈だったけど、なかなか面白くなってきた。

「僕は欲しいよお。絶対欲しい」

もうじき四歳になる長男、幸太《こうた》が言った。

「ほらママぁ、幸太もこう言ってるよお。だからね？　ね？」

父親である雅史《まさし》が妻、紀子《のりこ》を説得する。

「無理よ。結婚するときに約束したでしょ？」

紀子には考える余地もなさそうである。

「約束はしたけど、色々考えも変わってくるだろう？　俺もさあ欲しいよお」

「大変なのは私なのよ。私は仕事したいの。やっと復帰できたっていうのに」

「ねえママお願い。僕、弟か妹が欲しいよお。欲しい欲しい欲しい」

「ね、ママ。家族が増えたら楽しいぞおきっと」

「私は反対よ。二人いたら大変だし、お金だってかかるし。それにつわりだって辛《つら》いのよ。男には分からないでしょ？」

「俺が頑張ってサポートするからさあ。だから頑張ってみようよ！」

「そんなこと言って何もしないじゃないの」

「僕は絶対欲しい！　弟か妹が欲しいのっ！」

幸太の訴えを最後に家族は沈黙する。

僕は隣《となり》でモヤンモヤンと浮いている青い魂を見た。

この青い魂は、今僕たちが眺めている家族の元に生まれる、予定である。

幸太と雅史の訴えが棄却《ききやく》されれば青い魂は別の家族の元へ行く、のではなく消滅してしまう。

保留となれば、その間青い魂は現世《げんせ》を彷徨《さまよ》うことになる。

そもそも青い魂はこの家族の一員になりたいのだろうか？

「君はこの家族の元へ行きたいのか？」

「行きたいです。家族になりたい」

「ふうん」

「僕は、男なんですよね？」

「青い魂だから、生まれるなら男として生まれることになる。不満か？」

「いいえ。家族になれるのなら何でもいいです」

「たとえオカマちゃんでも、か？」

「はい？」

「いや何でもない冗談冗談」

「何かいい方法はないでしょうか？」

ないことはない。

しかしまた掟《おきて》を破ることになる。

僕はまあいいか、と思う。

「人間スーツを貸してやろう。人間の姿になって家族の元へ行って、母親を説得してみたらどうだ？　弟妹は絶対必要だと。いたら絶対賑《にぎ》やかで楽しい家族になると」

「そんなことしていいんですか？」

「ルール違反だけどね。ただし母親と同い年、三十六歳の女性の人間スーツだ。それと、自分が将来の息子だとは絶対に言ってはいけない。それを告げた瞬間君は消滅してしまう」

これは僕が勝手に作ったルールだ。正体を明かしてしまったら面白くないではないか。もっとも信じるわけないだろうけど。

「わかりました。ありがとうございます！」

「何度も言うが本当はルール違反なんだ。でも君の強い想いに負けたよ。家族の一員になれたらいいな。では行くがいい」

僕は魔法をかけるように、指をパチンと鳴らした。

赤い魂

次の魂どうぞお。

病院さながら僕は赤い魂を呼んだ。すぐ傍《そば》で待機していた赤い魂がモヤンモヤンとやってくる。無論表情などない。しかし感情はある。

赤は女だ。

あくまで人間として生まれることができたら、であるが。

僕は神奈川県《かながわけん》をタップして、親指と人差し指を使って最大限まで拡大する。

僕が今見下ろしているのは厚木市《あつぎし》のとある公園だ。ベンチには高校三年生のカップル。少女のお腹《なか》にはもうじき五週になる命が宿っている。

今僕の隣で浮遊《ふゆう》している赤い魂だ。

依然、赤い魂の親である二人は揉《も》めている。

青い魂を現世に送り出す前からだ。

むしろ最初よりもお互いヒートアップしている。

「だから俺が高校やめて働くって言ってるべよ！」

「無理に決まってる！　もう堕《お》ろすって決めたの！」

「勝手に決めるなよ！　今すぐ結婚して一緒に育てればいいべ？」

「何度言えば分かるの？　無理だってば。私は大学へ行きたいの。子供を産んで育てるなんてまだまだ先！」

「お腹の子が可哀想だべよ」

「可哀想だけど仕方ない。正直私はまだ子供なんていらない」

「堕ろすとしてもお金がいるぞ？」

「親に頼むしかないよ」

「いくらくらいかかるんだ？」

「さあ分からない。十万くらいじゃない？」

「そんなにかかるのかよ。だったら産んだ方が」

「産めばもっとお金がかかる。分かるでしょ？」

「…………」

僕はそっと赤い魂を見た。

彼女は二人のやり取りを見て何を想う？　モヤモヤと浮遊しているだけでは神の子の僕でもさすがに読み取れない。

「二人は君を殺そうとしているわけだが？」

「別にいいわどうでも」

「お腹の命が消えた瞬間、君も消滅するがそれでもいいのか？」

「こんな二人に育てられたって幸せになんてなれないでしょ？」

「まあそれもそうだけれどね。でも分からない。案外幸せになれるかも？」

「何が言いたいの？」

「君が生まれてこられるよう、二人を説得しに行ったらどうかなと思って呼んだんだ」

「そんなことができるの？」

「僕が君を人間の姿に変えて、現世に送り出してあげる」

「…………」

「でも君自身、二人の元に生まれるのを望まないのなら無理にとは言わない。話はそれだけだ。行っていいよ。残り僅《わず》かな時間を有意義に過ごすがいい」

「待って。行くわ。二人の元へ」

「ほう。どうしたんだ急に。消滅してもいいんじゃないのか?」

「誰も私を産んでほしいと説得しに行くだなんて言ってない」

僕は目を丸くした。

「なら、何しに行くんだ?」

「決まってるでしょ。二人を不幸にするのよ。私が消滅してしまう前に」

「どうやって?」

「ヒミツ」

僕は俄然《がぜん》血が騒いだ。なかなか面白いことを言うではないかこの魂。

「いいよ。ただし命を奪うことは許さない」

「言われなくても分かってる。それじゃあつまらないでしょ?」

いいねいいね分かってるね。なかなかいい暇つぶしになりそうだ。

「じゃあ早速《さっそく》行っといで」

赤い魂は二人をどのようにして不幸にするのか。

期待に胸を膨《ふく》らませる僕は赤い魂に向かって指を鳴らす。

〝神生《ジンセイ》〟で一番いい音が鳴った。

プロポーズ

大木太《おおきふとし》は今にも心臓が張り裂《さ》けそうである。こんなにも緊張したのは生まれて初めてだ。

いよいよ一世一代《いっせいいちだい》の大勝負に出る。

しかし冷静に考えれば大袈裟《おおげさ》かもしれない、と太は思った。

彼女と交際を開始してから一ヶ月。

この一ヶ月間会わなかった日は一日もない。毎日毎日一緒に過ごして愛を確かめ合ってきた。彼女だって待っているはずだ。

プロポーズの言葉を。

無論指輪は用意してある。

0・3キャラットのダイアモンド。

給料三ヶ月分だ。そういう意味でも一世一代の大勝負であった。もし断られたらただの石だ。

いいや絶対大丈夫だと太は自分に言い聞かす。一ヶ月も付き合ったのだから。

太はいつも待ち合わせしている公園のベンチで彼女を待つ。

やがて彼女であるアイコがやってきた。

花柄のワンピース。初めて見る洋服だ。どうやら新しく買ったらしい。

とても似合ってる。やっぱり可愛い。愛《いと》おしい。

「やあ」

「ごめん少し遅れちゃった」

「ううん、大丈夫」

「今日は何する？」

太の動作が止まる。ここで気持ちを伝えることにした。

「アイコちゃん、一生幸せにする！　だから僕と結婚してくれ！」

太は心臓がぶっ壊《こわ》れそうであった。返事次第では気を失ってしまいそうだ。

しかし肝心《かんじん》のアイコからの返事が、ない。迷っているのかもしれない。

太は待つしかなかった。

太にはもう一押しする勇気がない。それ以前に彼女に決心させる決め台詞《ぜりふ》がない。

もっと言葉を考えておけばよかったと太は後悔《こうかい》する。

同じ言葉を送ろうかどうか迷う太はハッと目を見開いた。

「いいよ」

――太は飛んで喜んだ。たるんだ肉がぶよぶよと弾《はず》む。額《ひたい》や首筋《くびすじ》からポタポタと汗が垂《た》れた。こんな豚みたいな醜《みにく》い姿、とても彼女には見せられない。

でも太は益々《ますます》彼女に会いたい気持ちが強くなる。

触れたい。抱き締めたい。

彼女はどんな顔をしてるのだろう。

太は想像の世界で彼女の顔を思い浮かべる。

彼女は二つ下の三十歳。趣味は音楽を聴くことと、絵を描くこと。

それとそれと……。

そうだ彼女は犬を飼ってるらしい。ヨークシャーテリアという犬種だそうだ。

それ以外彼女について知っていることは……。

とにかく太は彼女に会いたくて会いたくてたまらない。狭《せま》くて汚い部屋を飛び出して。依然《いぜん》スマホを持つ手が震えている。

ゲームの世界ではなく現実世界で一緒に過ごしたい。

太が今プレイしているのは『Ｌｉｆｅ』というゲームアプリだ。

Ｌｉｆｅにはルールがない。特別な目的もない。最初にキャラクターを作るだけだ。あとはゲームの世界の中でキャラクターを動かすだけ。タイトル通りの設定だ。

単純だけれどゲーム自体はよくできている。

時間の経過は現実世界と同じだ。

学生は学校に通い、社会人は職場で仕事をする。無論給料だって貰《もら》える。ゲームの中でしか通用しないマネーだけれど。

フトシは現在運送会社で働いている。実際はニートだけれど。

選べる趣味も豊富だ。

フトシの趣味は野球である。実際はアニメ鑑賞だけれど。

アイコとの結婚が決まった今、太には新たな目標ができた。

新居《しんきょ》を建てることだ。

現在貯金は０だ。指輪を買ったからである。家賃を払いながら新居の頭金を貯《た》めるのは大変だけれど、また一生懸命働いて必ず家を建てる。

太はスマホの画面に飛び込んで、ゲームの仮想世界で暮らしていきたいと本気で思っている。

太にとって現実世界はリアルではない。ゲームの世界がリアルなのだ。

現実世界で生きた三十二年間は全くもって無意味だった。小さい頃からウドの大木と言われて育った太は中学生の頃からずっと自分の部屋に引きこもって生活してきた。

そんな太に生き甲斐《がい》を与えたのがＬｉｆｅであった。

一ヶ月前アイコと出会い、太の人生はバラ色となった。

太とフトシの世界が逆転すればいいのにと毎日想いながらフトシを操《あやつ》ってきた。

「ねえフトシくん、私たち実際会ってみない？」

きたあああ。太は頭の中で叫んだ。

でも太は自分に自信がない。こんな豚みたいな男に会ったら絶対引く。

「その前に、指輪を受け取ってほしいんだけど」

「ありがとう」

太は『指輪を渡す』を選択する。

「嬉《うれ》しい。大事にするわ」

太は用意していた提案《ていあん》を早速アイコに持ちかけることにした。
「アイコちゃん。僕たち結婚したんだから早速子供を作ろうよ」
「そうね。いいわよ」
太は『子供を作る』をタッチした。
僅《わず》か三秒後、『アイコは新たな命を授かりました』と画面に表示された。
『赤ん坊が生まれるまであと３００日』
カウントダウンが始まった。
『残り２９９日23時間59分』
長すぎる。
太は溜息が出た。
彼女との間にできた赤ん坊を一刻も早くこの目で見たい。
男の子かな。女の子かな。
できることなら抱っこしたいな……。
それは不可能だけれど、今すぐに赤ん坊を見られる方法が一つだけ存在する。
太は『残り時間』をタッチする。

２９９日23時間57分の下に『１０００００』と表示されている。
ゲームマネーだ。１０００００マネーを支払えば３００日短縮できる！
太の貯金は0だけれどゲームマネーはリアルマネーで買うことができる。
1＝一円だ。
つまり十万円だ。
太は躊躇《ためら》うことなく十万円分のゲームマネーをクレジットカード払いで購入した。
ニートの太には当然そんな大金は払えない。支払いは親だ。
課金した太は迷うことなく１０００００マネーを使って時間を短縮した。
すると次の瞬間、
『元気な女の子が生まれました』
と表示された。
白いおくるみに包まれた赤ちゃん。
太は嬉しくて涙がこぼれた。
『名前を決めてください』
「アイコちゃん、どうする？」

返事が、ない。
考えているらしい。
最初はそう思っていた。
いくら待っても返事がない。
一時間、二時間。
アイコは動かない。
赤ん坊を抱いたまま。
どうやら現実世界に戻っているようだ。
いや戻っただけか？
太は急にとてつもない不安にかられたのだった。
考えてみたら何も知らないから。
知っているのはゲーム内でのアイコだけ。
現実世界の本当のアイコのことは何も知らない。

赤い糸

やあこんにちは僕だよ神の子だよ。

突然だけれど僕には運命の赤い糸が見える。

無論人間には見えない。当然触れることもできない。だから人間は自分の意思で運命の人を手繰《たぐ》り寄せることはできない。『運命の時』を待たなければならない。

けれど僕にはハッキリと見える。触れることもできる。

人間はどうやら勘違いしているようだが、運命の糸は必ずしも一本ではない。人によっては三本も四本も存在する。複数の糸が小指から伸びている場合、さすがの僕でもその人間が誰と結ばれるかは分からない。僕は未来のことは分からないのだ。神様ではないから。

さて、僕は今とある男に注目している。

名前は杉下孝雄《すぎしたたかお》。東京都在住の二十六歳。今風のチャラチャラした男だ。

杉下は今渋谷《しぶや》の街をぷらぷらしている。行き交《か》う女性たちを物色している。全く馬鹿な男である。

杉下の小指から伸びている赤い糸は三本だ。

僕はあみだくじを辿《たど》っていくように、杉下の小指に結ばれている三本の赤い糸を順に目で追っていく。てんてけてけてけてーんと口ずさみながら。

男の運命の女性たちを知って僕は俄然《がぜん》不機嫌《ふきげん》になった。

どれも若くて可愛いからだ。デブでブスを期待したのに。

ふざけるな馬鹿、と僕は杉下に言った。

大丈夫マイクは切ってある。最大限まで拡大してるからマイクを入れた状態だったら杉下はショック死してるだろう。

そんなことはどうでもいい。

僕は杉下がかわい子ちゃんたちと結ばれるなんて許せない。絶対にだ。

僕は杉下の運命を変えることに何の躊躇《ためら》いもない。むしろ狂わせてやらなきゃダメだ。

杉下と一緒になる女の子だってこんな男じゃ可哀想だ。

僕はパチンと指を鳴らした。

ハサミがパッと現れる。なぜか小学生が図工のときに用いるハサミだけれどそこは気にしない。

僕は杉下の赤い糸をパチパチパチと全部切った。

三本の糸がダラリと垂れる。

三流はここで終わらすだろう。でも僕は超一流だ。糸を切っただけでは終わらせない。

僕は杉下の指からダラリと垂れた三本の糸を手に取って、東京、にしようと思ったけれど、適当に栃木県全体を眺める。

やはり簡単に見つかった。

九十過ぎの老婆たちが。

僕は老婆たちの小指に赤い糸を結びつける。キュッキュッキュッキュッと絶対に外れないようにきつくきつく。

僕は思わず噴き出した。

ざまあみろ。おまえの大好きなご老人だ。

おまえは毎日老人を狙《ねら》ってオレオレと電話をかけて金を搾取《さくしゅ》しているだろう。僕は何でも知っているんだ。

杉下くん、早く運命の時が訪れるといいな。

もっともその時が訪れたとしても相手は骨になってるかもしれないけどねクックックッ。

あ、いやその前に逮捕《たいほ》か。

アカン糸

運命、とやらは相当残酷《ざんこく》なものらしい。

なぜ僕は彼女の存在を知ってしまったのだろう。

場所が場所だ。彼女との出会いは偶然ではなく必然だと思った。

彼女の名は皆藤《かいとう》美里《みさと》。二十九歳。北海道の阿寒《あかん》という小さな町で暮らしている。

彼女は末期のガンらしい。身体のあちこちにガンが転移しており残り僅《わず》か三ヶ月の命だそうだ。

彼女は宣告を受けたばかりである。その場面を僕は見てしまった。

病室に戻ってきた彼女はベッドの上で外の景色を眺めている。

庭の木が風で大きく揺れる。

ユラユラとダンスする緑の葉が一枚ヒュルリヒュルリと飛んでいった。

あくまで僕は神様ではない。神様の子供だ。

神は残酷なんだなあとつくづく思った。

彼女はまだ二十九歳だ。死ぬにはあまりに早すぎる。

もっと残酷なのは赤い糸だ。

彼女の赤い糸が僕を悩ませる。

彼女に与えられた時間は残り僅かであるが、彼女の小指には確かに一本だけ赤い糸が存在する。

僕はすでに彼女の運命の人を知っている。糸を辿《たど》ると、隣町に住む野村正《のむらただし》という人物に行き着いた。

長身痩軀《そうく》の真面目《まじめ》そうな男だ。

彼は偶然にも彼女と同い年。

どうやら彼は看護師《かんごし》として働いているらしい。

僕は彼の職業を知って合点した。

僕は未来のことは分からないけれど、彼が彼女の病院にやってくるのではないだろうか。

僕は、二人を出会わせてしまっていいのだろうかと悩んでいる。

実は野村正は彼女とは違って、小指には二本の赤い糸が存在するのだ。

もう一人の運命の人物とは、札幌《さっぽろ》市内で保育士として働く二十五歳。

僕はあえてそれ以上知ろうとは思わない。

確かなのは、その彼女は病気ではないということだ。

皆藤美里と野村正は確かに赤い糸で繋《つな》がっている。故に出会えば結ばれる運命だ。

しかしその先に幸せはない。

出会えば確実にお互い傷つく。そして苦しむ。

皆藤美里はどちらを選択するだろうか。

彼が運命の人だと知れば出会いたいと思うだろう。

でも出会わない方を選択するのではないかと僕は思う。

出会った直後に別れが訪れるなんてあまりに不幸だ。運命の人にそんな辛《つら》い想いをさせたくないと彼女は思うのではないだろうか。

僕はハサミを手に取った。

僕に迷いはない。

はずだったが、なかなか糸を切ることができない。

僕は最後まで迷った末、皆藤美里と野村正の運命の糸を切った。

これでよかったんだと僕は思う。僕の選択に間違いはない。

しかし僕には責任がある。彼女から運命の人を奪ってしまった責任を果たさなければならない。

僕は彼女を見守ろうと思う。

最期《さいご》の瞬間を、看取《みと》ろうと思う。

猫ばあちゃん

昼間にインターネットで遊べるのは専業主婦の特権である。

あと昼寝。

徳田《とくだ》道子《みちこ》は目を充血させながらネット掲示板を読む。瞬《まばた》きするのも忘れている。

風でポテトチップがパラパラと飛ぶ。しかし道子はそれすらも気づかない。

道子は面白さ半分、怖《こわ》さ半分であった。

掲示板の題名は『グリーンマンション本牧《ほんもく》について語る』である。

グリーンマンションとは道子が現在住んでいるマンションである。

何気なく『グリーンマンション本牧』で検索したら出てきたのだ。意味もなく検索するんじゃなかったと道子は後悔した。

掲示板にはマンションで暮らす住人の悪口やうわさ話等が好き勝手書かれてある。

書いているのは住人だろう。住人以外も存在するのだろうがほとんどが住人と思われる。

道子が真剣になるのは当たり前だった。

自分たち家族のことが書かれているかもしれない、と思うからだ。

他の住人の悪口を見ると尚更《なおさら》だ。

道子はドキドキしながらマウスのホイールをクルクルと回す。

徳田徳田徳田。４０５号室４０５号室４０５号室……。

あるわけないよね、と道子は自分に言った。

心配しすぎであることは道子自身分かっている。なぜならグリーンマンション本牧で暮らし始めてから一ヶ月も経《た》っていないのだから。

書かれるとしたって、４０５号室に新しい家族が越してきたね、くらいだ。それ以外書かれることなんてない、はずだ。

それでも一応最後まで確認しなければ道子は落ち着かなかった。

いくらで買ったのかな？　とか。

どこから越してきたのかな？　とか。

それくらいならまだいい。

奥さん不細工《ぶさいく》だね、とか。

旦那はもっと不細工だね、とか。

子供は両親の悪いとこばかり似ちゃったね、とか。

変なことが書かれている可能性だってあるのだから。

どうか何も書かれてませんように、と願う道子であるが、ふとマウスを動かす手が止まった。

恐れていた数字を見つけてしまったのである。

『405』

道子は覚悟を決めてその下を読んだ。

『405号室に新しい家族が越してきたね』

道子の心臓が波打つ。

『405号室と言えば猫ばあちゃんだよなあ』猫ばあちゃん？　道子は拍子抜《ひょうしぬ》けする。

『猫ばあちゃんが死んだのって三ヶ月くらい前だったよな』

『ところでばあちゃんが飼ってた五匹の猫、今どうしてるんだろう？』

『子供とか親戚《しんせき》とかが面倒見てるんじゃない？』

『そういえば猫の名前が面白かったよな。なんだっけ？』

『ヨシダさん、ヤマダさん、モリさん、サカモトさん、タマちゃん』

『そうそう。なぜか人間の名字ばかりで、タマちゃんだけ猫らしい名前だったよな』

『タマちゃんだけはメスなんだよな』

『詳しいなw』

『猫ばあちゃんとよく話したもんw』

掲示板に書き込んでいる住人たちとは対照的に道子は笑えなかった。

昨日の出来事が脳裏を過《よぎ》る。

買い物から帰ってきたときだ。

マンションの入り口にとある五人組が立っていた。男性四人に女性一人。

奇妙な組み合わせだった。

男性と女性の比率ではなく、彼らの年齢差だ。

男性は四人ともおじさんなのに、女性だけはまだ二十歳そこそこだった。

一見怪《あや》しい関係に思えたけれど、五人は何やら楽しそうに会話していた。主婦が井《い》戸《ど》端《ばた》会議をしているみたいに。

それだけなら道子は『猫ばあちゃん』の件に関してこれほどまでに奇《き》っ怪《かい》には思わ

なかった。

すれ違った瞬間、彼らの会話がピタと止まり、エレベーターが下りてくるのを待っている際、ほんの微《かす》かに聞こえたのだ。

タマちゃん、と。

そしてエレベーターに乗る際《さい》、そのタマちゃんと呼ばれた女性が言ったのだ。

ヨシダさん、怪しまれちゃうからやめなって。

道子はそのときは気にも留めなかった。

掲示板に書かれている内容をもう一度読み返した道子はゴクリと喉《のど》が鳴った。

まさかそんなはずないよね？

タヌキが人間に化《ば》けて現れる話は聞いたことあるけれど……。

道子はふと思う。

その猫ばあちゃんが亡くなった後、飼われていた五匹の猫は実際どうなったのだろう、と。

道子はヒャっと悲鳴を上げた。

外から猫の鳴き声が聞こえてきたからだ。

その直後であった。

廊下《ろうか》から足音が聞こえてきた。一人ではない。複数いる。

ゾロゾロと足音が近づいてくる。

やがて道子の部屋の前で止まった。

インターホンではなく、トントンと扉《とびら》がノックされた。

アント

我々は今遺体を運んでる。

皆で一丸となってせっせせっせと運んでる。

巣の主であり、我々の母親でもある、女王様の遺体だ。

人間に殺されたのだ。指でブツッと潰《つぶ》されてしまった。理由もなく。呆気《あっけ》なく。何の罪もないのに。

我々は何としても女王様を巣までお運びする。人間の行き交う世界ではなく巣の中で静かに眠らせてあげたいのだ。

道中《どうちゅう》、犠牲者《ぎせいしゃ》が出るかもしれない。我々はそれでも構わない。女王様をお守りするために我々は生まれてきたのだから。女王様が死んでしまった今も尚《なお》、その気持ちに変わりはない。

我々は人間が憎い。

人間はなぜ我々を意味もなく殺すのか。

足で踏んづけたり、頭をもぎとったり、巣に爆発物を突っ込んで破壊したり……。

これまで数え切れないくらい、多くの仲間が殺される様を目《ま》の当たりにしてきた。

我々にも命がある。人間はそれを理解しているのだろうか。

それとも人間という生き物は我々だから殺す、というわけではなく、人間同士でも日々殺し合っているのだろうか？

だとしたら我々には理解できない。

仮にそうだとしたら人間だけでやり合ってほしい。

人間は遊びのつもりだろうが我々にとったら戦争だ。一切《いっさい》抵抗することのできない戦争。今生き残っているのは戦争を生き延びてきた者たちだ。

しかし生き残っても意味がない。

我々は生きる意味を失ったのだから。

我々は女王様を守るために、働くために生まれてきたのだ。

女王様を失った我々にもはや生きる意味はない。

もっとも我々の寿命《じゅみょう》は一年から二年足らずだから、仮に女王様が天寿《てんじゅ》を全《まっと》うしたとしても長く仕えることはできなかったのだけれど。

我々の一生は儚《はかな》い。しかし我々の一生、命のことなどどうでもいい。

何よりも悔しいのは、我々一族が滅びることだ。女王を失った我々一族は決して栄えることができない。

せめて我々は女王様のお傍《そば》で最期《さいご》を迎えたいと思う。

しかしその願いはどうやら叶《かな》いそうにない。

敵が現れたのだ。

蜘蛛《くも》だ。糸を張って待ち構える種類ならばまだ避けようがあったけれど、目の前に現れた蜘蛛は直接襲《おそ》いかかってくる凶暴型だ。

勇気ある仲間が立ち向かうが呆気なく殺されてしまった。

我々は諦《あきら》めざるを得なかった。一斉《いっせい》に立ち向かっても勝てる相手ではない。小さい蜘蛛ならともかく相手は我々よりも何倍もデカイ。

喰《く》われる覚悟を決めなければならないようだ。

為《な》す術のない我々は運命を受け入れた。

それでも最後まで女王様はお守りする。

遺体をそっと地面におろして我々は壁《かべ》を作る。

さあこい、と身構《みがま》えた。

そのときだ。

蜘蛛がふいと浮き上がった。

人間だ。

人間が蜘蛛を持ち上げ、草むらにホイと放った。

やたらめったら虫に危害を加える人間ならば我々も危なかった。

でも彼なら安心だ。

名前は分からない。年も我々には見当がつかない。

一つだけ確かなのは、子供であるということだ。今日もいつもと同様黄色い帽子を被《かぶ》り、青い靴《くつ》を履《は》いている。

彼は他の人間と違って優しい。

ちょっかいを出してくるときもあるが決して殺したりはしない。いつもニコニコ我々の行進を眺めている。どうやら我々のことが大好きなようだ。

ありがとう。助かったよ。君は命の恩人だ。

今日助けてもらったことは決して忘れないから。

「ほらほら行くわよ」

「ママぁ、ママぁ」

巣に辿《たど》り着くまで護衛《ごえい》してほしかったけれど仕方ない。

人間にとったら何歩くらい先だろうか？

全然大したことないんだろうな。しかし我々にとってはまだまだ遠い。女王の遺体を運んでいるから尚更《なおさら》だ。

もし生きて巣に辿り着くことができたらみんなであの子に会いに行きたい。

そして何か恩返しがしたい。

いや無力な我々には恩返しだなんて無理だろうな。

ねえ君の名前は何ていうの？

せめてあの子の名前を知ってから我々は滅びたいと思う。

車椅子に小細工を

確かに場違いだな。

僕はとある少年を見下ろしながら言った。

小瀬村潤也《こせむらじゅんや》。十六歳。彼は手動式の車椅子《くるまいす》に乗っている。どうやら生まれつき足が不自由らしい。

神様の子である僕に見られているとは露《つゆ》知らず、彼はスケートボードパークでスケボーに乗る同世代の少年たちを羨《うらや》ましそうに眺めているのだった。

スケボーに乗る少年たちは華麗なトリックを次々と決めていく。見事なもんだ。僕も段々熱を帯《お》びてきた。留守を預かっていなければ今すぐにでも彼らの元に行って超絶トリックを決めているところだろう。

スケボーに乗る少年たちは小瀬村潤也をチラチラ気にしている。彼には聞こえない声で、また来てるよ、と言っている。

明らかに見下した態度だ。

潤也の方もそれには気づいているようだ。しかしその場を離れようとはしない。一緒にスケボーがやれたらどれほど楽しいか。そんな風に考えているのかもしれない。

ある一人の少年が台を使ってジャンプする。綺麗《きれい》に着地すると潤也を振り返って言った。

「おまえも見てるばかりじゃなくてやってみたらどうだ？」

周りの皆がケラケラと笑う。

「あ、いや、僕は……」

「そんな立派なモン乗ってるんだ。俺たちより派手なトリック決められるぜ！」

「…………」

潤也が車輪に手をかける。彼らに背を向けその場を後にする。

僕はやれやれと息を吐《つ》いた。

こんな奴らに負けてどうする。君には強い心とやらが必要らしいな。

僕が奴らをあっと言わせてやるよ。

「おーい、帰っちゃうのかあ？」

潤也はトボトボと車椅子を動かす。

その車椅子がグルリと勢いよく反転した。

潤也がうわあと叫ぶ。

「ちゃんと摑《つか》まってろよ！」

僕は潤也に言って、人差し指をクルリと回した。

潤也の車椅子が急発進する。まるでターボエンジンを搭載《とうさい》しているかのごとく。

勢いに乗った車椅子がジャンプする。

細い鉄のレールに片側の車輪で着地して、グラグラ揺れながら滑《すべ》り下りていく。

次はバンクだ。それほど傾斜がきつくないジャンプ台だ。

勢いつけてジャンプして、クルリと反転して着地する。

その先にはお待ちかね、競技の花形ハーフパイプ。

その名の通りパイプを半分にカットしたような形状をしており、斜面を滑りながら様々なジャンプを繰り返す、というものだ。

潤也はすでにグッタリしている。でも大丈夫、泡《あわ》は吹いてない。

車椅子がハーフパイプに飛び乗った。

勢いそのままに壁を上っていき、空に向かってジャンプ。
壁と車椅子の金属がこすれて火花が散った。
反転して華麗に着地。
息つく間もなく反対側の斜面を猛スピードで突き進み、またジャンプ。
スケート選手みたいにダブルアクセルだ。
お次はトリプルアクセル。
最後はウルトラ宙返り！
潤也を乗せた車椅子が地面にドスンと着地する。
風が、吹いた。
次の瞬間大歓声が沸《わ》き起こった。
皆が潤也に駆《か》け寄る。
当の本人は放心《ほうしん》状態。意識を失いかけている。
「やるなあおまえ！　あんなすげえトリック初めて見たぜ！」
最初に意地悪を言った少年だ。
興奮した面持《おもも》ちで、潤也に羨望《せんぼう》の眼差《まなざ》しを向けている。

今風に言うと、マジリスペクトってやつ？

「なあにがよく分からないだよあんな大技決めといてよ！　なあ俺たちの仲間に入れよ！」

「え、あ、うん、よく分からないけど……」

「でもでも僕、同じようにはきっと。勝手に車椅子が」

「分かった分かった。おまえの名前はなんだ？」

「僕は小瀬村潤也」

「悪かったな潤也。おまえのこと車椅子だからって差別してよお」

少年が潤也に右手を差し出す。

潤也の方も右手を出した。

二人ががっちり握手《あくしゅ》し手を離した瞬間再び車椅子が急発進してハーフパイプに飛び乗った。

華麗に宙を舞う潤也を見て僕はイヒヒと笑った。

水風船

お、いたいた。ここにも意地悪されている子が。
小学四年生の女の子だ。クラスで一番背が小さくて、見るからに大人《おとな》しそうな子。
意地悪されてしまうのも何となく頷《うなず》ける。
彼女のクラスは今体育の授業をしている。
担任の教師が砂場で幅跳《はばと》びのやり方を教えているのだった。
クラスの悪ガキ共が、担任の教師の目を盗んでターゲットの女の子に砂をかけている。
女の子は何も言えず下を向いている。周りの子たちも見て見ぬフリだ。
僕はすぐに彼女の異変に気がついた。
彼女の身体が小刻《こきざ》みに震えている。今にも泣きそうではないか。
悪ガキ共はそれに気づいているのかいないのか、構《かま》わず女の子に砂をかける。
僕は指を鳴らした。

バスケットボールくらいの大きさの水風船《みずふうせん》がパッと現れ僕は両手でキャッチする。

その水風船を投下した。

意地悪されている女の子目掛《めが》けて。

動かないから当てるのは容易だった。超余裕《よゆう》ってやつだ。

頭に当たった瞬間水風船がバシャっと破裂《はれつ》し女の子はびしょ濡《ぬ》れになる。

突然空から大きな水風船が降ってきたものだから、さすがの悪ガキ共も唖然《あぜん》としている。

だが彼らはあくまで子供だ。なぜ水風船が空から降ってきたかなんて深く考えない。ターゲットの女の子がびしょ濡れになったという現実の方が重要で、彼らは再び女の子をからかうのだった。

女の子は相変わらず下を向いたまま動かない。すぐに担任の教師が駆け寄り、びしょ濡れになった女の子を校舎に連れて行ったのだった。

胡座《あぐら》をかいて座っている僕は頬杖《ほおづえ》をついて彼女の背中を眺める。

僕は女の子に水風船を投下したことに何の罪悪感もない。あるわけがない。

だって、お漏《も》らししてしまったのがクラスの皆にバレてしまうよりはいいだろう？

僕が彼女に水風船を投下していなければ、彼女は今後もっと酷《ひど》いイジメにあっていただろうから。

無論これで終わらせるつもりはない。

僕はもう一度指を鳴らした。

今度は大玉転がしの玉くらいの大きさの水風船だ。

ボヨンボヨンの巨大な水風船を、悪ガキ共目掛けて投下した。

しかしあまりに巨大すぎて、彼らに触れる前に水風船は破裂してしまった。

それでも見事命中だ。

悪ガキ共がびしょびしょになるとドッと笑いが起きた。教室の窓から一部始終を眺めていた上級生たちだ。

僕も手を叩きながらざまあと言って笑った。

仮面

もはや目覚ましなど必要ない。

毎朝、設定した三十分も前に、勝手に目が覚めてしまうのだから。

それもそのはずである。新学期が始まってまだ一週間だ。

どうやら眠っている最中もときめいているらしい。起きてしまうと憶《おぼ》えてはいないが、友達と一緒に学校に登校している夢でも見ているのではないか。

顔を洗い、ボサボサの髪を整え、寝間着《ねまき》から学ランに着替えた最上忠夫《もがみただお》は壁の前で腕組みした。

壁には、彩色《さいしょく》も装飾《そうしょく》も一切ほどこされていない白い仮面がズラリと飾られている。

怒っている仮面。泣いている仮面。笑っている仮面。勇ましい表情をした仮面。相手を小馬鹿にするようなふざけた仮面。無表情の仮面。

さて今日はどの仮面をつけていこう。

忠夫はこの日すこぶる気分がいい。

やはり笑っている仮面をつけていくことにした。

姿見の前に立った忠夫は自分が少し大きく見えた。仮面をつけると弱い自分を忘れて自信がつく。

顔なんてなければいいんだ。

もっと早く仮面をつければよかった。

溶接《ようせつ》して一生外《はず》れないようにしてしまいたい。

「さて」

革靴《かわぐつ》を履《は》いた忠夫は背後に立つ母を振り返った。

「行ってくるね母さん」

「行ってらっしゃい。気をつけてね」

忠夫はリュックサックの位置を直し、

「行ってきます」

元気よく言って家を出た。

しかし敷地内から出る瞬間は要注意だ。

まだ『仮面男』の正体を知られるわけにはいかなかった。

周囲に誰もいないことを確認した忠夫は小走りで家を離れた。

大丈夫、誰にも見られてはいなかった。はずである。

忠夫は堂々とした足取りで南林《なんりん》高校に向かう。スマホをいじりながらやってきたサラリーマンがすれ違う際、驚いた声を発した。

未だに視線を感じる。

忠夫はゆらりと振り返った。サラリーマンの唖然《あぜん》とした顔がたまらなく愉快《ゆかい》だった。

しばらくして、同じ制服を着た生徒たちの姿が見えてきた。

一人が忠夫の姿に気がつくと、周りにいる生徒全員が忠夫を見た。

先ほどのサラリーマンとは違い彼らに驚きはない。皆何やらヒソヒソ話している。

また仮面男が現れた、という声が聞こえてきそうだった。

忠夫は構わず学校に向かう。

やがて高校の正門が見えてきた。

校門前にはジャージを着た男性教師が立っている。

大勢の生徒たちが正門前で足を止め、仮面姿の忠夫を見ている。時が止まったかのごとく静かだ。

涼《すず》しい風が吹いた。道端《みちばた》に捨てられた空き缶《かん》が沈黙を破る。
忠夫はリュックの位置を直すと再び歩き出した。
学校に背を向けて。
忠夫は門をくぐることができない。
仮面を被っているからではない。また、教師が立っているからでもない。
門をくぐることは許されないのだ。
忠夫はチラリと後ろを見た。誰もついてこない大丈夫だ。
また堂々とした足取りに戻った。
その刹那《せつな》であった。
「なあおい、あいつだよ、噂《うわさ》の仮面野郎」
忠夫はビクリと立ち止まる。
声がしたのは、通学路にはとても適さない怪しげな細道からだ。
忠夫は恐る恐る視線を横に向けた。
同じ制服を着た三人組の男子が立っていた。
三人とも髪を染《そ》め、だらしなくシャツを出している。

格好やガタイからして恐らく三年生と思われる。

とても忠夫が敵《かな》う相手ではなかった。

「やっと見つけたぜ仮面野郎。早く家を出た甲斐《かい》があったぜ」

真ん中の男子が言った。

ヘラヘラ笑っているが急に、

「てめえ誰だ？」

鋭い声色《こわいろ》に変わった。

忠夫は仮面を支えながら俯《うつむ》いた。

「無視かコラ」

無視はしていない。ちゃんと答えた。聞こえなかっただけだ。

「舐《な》めやがってよお。おいコラ。仮面外せ」それは絶対にできない。

しかし拒否すれば相手を刺激することになる。

「外せねえなら」

忠夫は相手が油断《ゆだん》している隙《すき》に逃げた。

後ろから怒号《どごう》が飛んできた。まるで暴力団だ。

忠夫はすぐに息が切れた。

ダメだ捕まる。

どうか許して。何でもするから仮面だけは取らないで。

仮面ばかりに気を取られている忠夫は頭部がおろそかになった。

向かい風に煽《あお》られてカツラが飛んだ。

無理だ拾っている余裕なんてない。

恥ずかしくて、情けなくて、涙がこぼれた。後ろの三人が大爆笑している。

仮面も一緒になって今の忠夫を笑っているようだった。

三人組から必死に逃げる忠夫の脳裏《のうり》に二十五年前の記憶がフラッシュバックした。

今みたいに逃げるばかりの日々。

馬鹿、死ね、クズ。

同級生の言葉が蘇《よみがえ》る。忠夫は逃げながら耳を塞《ふさ》いだ。

中学のときは人気者だったのに。

何がいけなかったのだろう？

何も悪いことなんてしてない。自分はただみんなを笑わせようと、クラスを盛り上げようとしていただけだ。

でもみんなはそれが気に食わなかったんだ……。

人気者といじめられっ子は紙一重であることを知った忠夫は、自分の性格が段々嫌になって、次第に塞ぎ込むようになり、やがて学校をやめた。たった三ヶ月でだ。

でも後悔ばかりの毎日で、かと言って別の学校に入る勇気はなく、二十五年間引きこもった。

そんな忠夫に勇気を与えたのが仮面である。

ずっと学生生活に憧《あこが》れを抱き、過去を引きずっていた忠夫は校門まででいいから高校の制服を着て、同じ制服を着た生徒たちと一緒に歩きたかった。

ただそれだけなのに。

どうしてこんな人生なんだろうと忠夫は自分の運命を恨《うら》んだ。

仮面を被り、尚《なお》かつ耳を塞ぎながら走っていた忠夫は寸前《すんぜん》まで気づかなかった。

車のタイヤの摩擦音《まさつおん》が周囲に響き渡る。

笑顔の仮面が宙を舞い、落ちた瞬間真っ二つに割れた。

意識が戻った忠夫はすぐにそこが病院であることを知った。

忠夫は両手で顔を触る。慌てて上半身を起こした。

「ダメよまだ起きちゃ。寝てないと」

母だ。

忠夫は母の存在よりも、看護師《かんごし》がいないことに安堵《あんど》する。

「よかったすぐに意識を取り戻して。足を骨折しているって。それと頭の検査をするって」

忠夫はもう一度顔に触れた。

ところどころ怪我《けが》をしているが鏡で顔は見たくない。

学校の生徒たちは皆僕の顔を見たんだろうか？

仮面男の正体が、四十を過ぎた禿《は》げオヤジとは誰も思っていなかっただろうな。

今すぐ包帯でグルグル巻きにしてくれと忠夫は心の中で叫んだ。

「引っ越しましょう」

母が唐突《とうとつ》に言った。

「もうこの町では暮らせないと思うわ。お母さんと一緒に、誰も私たちを知らない、遠い遠い町で暮らしましょう」

忠夫は放心《ほうしん》した顔つきで、

「はい」

力無く返事した。

「そうすればもう仮面を被る必要はないわ」

「いや」

遮《さえぎ》るように言った。

「これからは常に仮面を被るよ」

「常に？」

「外に出るときはもちろん、家の中でも」

「あらどうして？」

「自分の存在を消したいんだ。それに」

「それに？」

「僕はもう仮面なしでは生きていけない」

「そう……」

母親の悲しそうな姿を見ても忠夫には母を思い遣《や》る気持ちはない。

「なら、こうしましょう。退院したらアナタの顔を模《かたど》った仮面を作りましょう。それを被ってちょうだい。そしたらお母さん、寂しくないわ」

忠夫は壁に飾ってあるいくつもの仮面を思い浮かべる。

全て母からの贈り物だ。

「はい」

耳元でパチパチと耳障《みみざわ》りな拍手の音がした。

「せっかくだから今度のは少し装飾もつけてみましょうか」

忠夫は何だってよかった。

そんなことより許されるのならもう一度、仮面を被ってみんなと通学路を歩きたい。歩こうと思った。

自分がやめた学校じゃなければいけないということはない。

どこに越すかは分からないけれど、サイズギリギリの制服を着て、リュックを背負い、喜怒哀楽のどれかの仮面を被って校門まで登校しよう。

忠夫の胸にまた、希望が湧《わ》いた。

剣と盾

鳥取県大沼町《とっとりけんおおぬまちょう》は県内の西部に位置するごくごく小さな町である。

この日、大沼町の寒羅《さむら》神社では季節外れの縁日《えんにち》が開かれていた。

退屈極《きわ》まりない僕は、どれどれと天から様子を覗《のぞ》いてみる。僕は人混みは大嫌いだが縁日は好きだ。

神様が留守じゃなければ人間スーツを着て大沼町に降り立っていただろう。

縁日と言えばやっぱり屋台《やたい》だ。

寒羅神社の境内《けいだい》にも無論屋台が出ている。

しかし僕が想像している縁日の雰囲気とは全然違う。

どこの屋台も閑散としているのだ。

たこ焼きやお好み焼きは冷め放題。金魚なんて泳ぐのを止めている。

しかしある箇所だけは大賑《おおにぎ》わいを見せている。

境内の隅《すみ》にいくつも並べられた『見せ物小屋』だ。

小屋の中には特殊な芸を持つ者や、奇形《きけい》の子供、それに珍獣《ちんじゅう》等がおり、見物人に芸やその姿を披露《ひろう》している。

その中に唯一格子《こうし》のついた小屋がある。

僕は目を見張《みは》った。

猛獣が閉じ込められているのかと思いきや、中にいるのは人であった。二十歳そこそこの青年だ。僕はあえて正確な年齢を知ろうとはしない。名前についてもそうである。そんなのはどうでもよかった。

彼の姿に愕然《がくぜん》として。

彼には掌《て》がない。右も左も、である。

代わりに、右には剣《けん》、左には盾《たて》がついている。

そう、ついているという表現しか思い浮かばない。握っているのではないのだから。

案内人は、どうやら彼は死神に呪《のろ》いをかけられたことによって二つの掌が剣と盾になってしまったと説明している。

なあにが死神だ。

実際、死神はこの世の中に存在するが、人間には死神の存在は見えないし、そもそも案内人の話はでたらめだ。

僕は人間の未来は分からないが、過去なら分かる。

この男の過去は、あまりに悲惨《ひさん》すぎた。彼が不憫《ふびん》すぎて、僕は脳裏に浮かぶ映像を遮断《しゃだん》した。

全く人間という生き物は狂気に満ちている。

金のためなら何でもできる生き物なのだなと僕は改めて知った。

僕は小屋の中に閉じ込められている剣と盾の青年の心の内を知りたい。

が、神様の子の僕でさえ読み取れなかった。いや読み取れないと言うよりも彼の心は無であった。表情と同様に。

壁際《かべぎわ》に立ち、じっと遠くの方を見つめている。やはり無である。何の感情もない。

子供たちは彼の姿に怯《おび》えている。泣き出す子もいる。

逆に大人たちは彼の姿を面白がっている。口では可哀想、と言ってはいるが……。

十時を少し回った頃、この日の縁日は終了し、案内人たちが小屋をトラックの荷台《にだい》に運んでいく。

剣と盾の青年だけは依然《いぜん》小屋の中である。

どうやらずっと『檻《おり》』の中に閉じ込められているらしい。何年もずっと。
寝るときも、食べるときも、排泄《はいせつ》するときも檻の中……。
僕はふと、ある興味が湧《わ》いてきた。
彼を自由の世界に放ったらどうなるのだろうと。
剣と盾。
対照的な武具である。
檻の中に閉じ込められている彼の心は無である。つまり善も悪もない。
彼が悪魔になるか、それとも救世主になるか、それは人間次第である。
檻を開けるのは簡単だ。
何せ僕は神様の子なのだから。
明日の朝、案内人たちは青ざめることになるだろう。

特殊清掃人

扉を開けた瞬間、強烈な異臭《いしゅう》が嗅覚《きゅうかく》を刺激した。ゴーグルとマスクをつけていても、である。

　この臭いだけはどうしても慣れない。いやむしろ慣れてはいけない。慣れてしまったとき、それは自分の精神がおかしくなったときだと黒田守男《くろだもりお》は思っている。

　黒田は特殊清掃人《とくしゅせいそうにん》である。

　特殊清掃業とは、変死体や腐乱《ふらん》死体があった場所の清掃、消臭、消毒、害虫駆除《くじょ》を主に行う。

　また、事故死や事件死、自殺死などによって葬儀社《そうぎしゃ》が処理しかねるほど遺体の損壊《そんかい》が激しい場合、人体の外見回復処置《がいけんかいふくしょち》を行うこともある。

　黒田と黒田の部下である高崎は早速清掃機材や消毒液等を部屋に運ぶ。

　現場は、港区《みなとく》の高層マンションの最上階である。

　死亡したのは三十六歳の男性で、毒薬を飲んで自殺した。

遺体の存在を住人等に知らせたのは腐敗臭と大量の虫である。

まさに虫の知らせというやつだ。

今も部屋中虫が舞っている。

遺体が発見されたリビングには大量のウジ虫が湧いていた。

ラグにはくっきり人の跡《あと》。体液である。

恐らくラグを突き抜け、フローリング、下手したらその下のコンクリートにまで染み込んでいる可能性がある。

見慣れた光景だ。

しかし黒田はいくつかの違和感を抱いていた。

まず現場である。今いるのは港区の高層マンションの最上階だ。

自殺した三十六歳の男性は証券会社に勤めるエリートだったらしい。そんな男がなぜ自殺したのだろうか？　生活に困っていたとはとても思えない。しかし裕福な暮らしの一方で、証券マンは日々のプレッシャー、ストレスが尋常ではないと聞いたことがある。男は仕事で悩んでいたのだろうか？　それは定かではない。

二つ目に、部屋の中だ。どこを見ても綺麗に整理《せいり》整頓《せいとん》してある。本当にここで生活していたのかと思うくらいに。

黒田は特殊清掃業に携わってちょうど二十年が経つが、自殺の現場は大体荒れている。ゴミ屋敷とまでは言わないが、それに近い状態が多い。つまり精神状態が酷《ひど》く追い詰められているというわけだ。

黒田が部屋を見る限りでは、男が死を選ぶほど追い詰められていた状態であったとはとても思えないのだ。

男の死について気になるが、黒田は早速《さっそく》作業に取りかかろうと思う。

が、今までいたはずの高崎の姿がない。

またか、と黒田は思った。

目を離すとすぐにいなくなる。

高崎は『物色癖《ぶっしょくへき》』がある。無論《むろん》盗みはしないが、面白い物がないか探しているのだ。

信用にかかわるから止めろと口を酸っぱくして言っているのに……。

「黒田さあん」

高崎が廊下《ろうか》を走ってやってきた。

「すんごい物が見つかりましたよ！」

「おまえ、いい加減《かげん》にしろ。何度言えば」

「いやいやこれはマジすごいっすよ多分」

高崎は一枚の券を手に持っている。

黒田は馬券《ばけん》か舟券《ふなけん》か、その類《たぐい》だと思った。

「これ、馬券だと思ったっしょ？」

「馬券だろ？」

「違うんすよ。見てくださいよ、ホレ！」

やっぱりただの馬券じゃないか、と黒田は思った。

が、すぐにおかしなことに気がついた。

『東京コレットビル・第10レース・高松杯《たかまつはい》』

コレットビル、とは東京駅から程近い高層ビルだ。

第10レース？

高松杯？

『単勝1番、横山太陽』

明らかに馬の名前ではない。

黒田はその隣に印字《いんじ》されている数字に目を見張った。

『1000000000円』

「一億？　いや十億かっ！」

「ね？　これやばいっしょ？」

「なんなんだ、これ？」

「裏の世界ってやつじゃないすかねえ！　ほら漫画《まんが》とかでよくあるじゃないですか。人間を賭《か》けの対象にするってやつ」

黒田はそんな漫画は知らない。

「賭けの対象だと？　一体何をやらせるんだ」

「それは知りませんよ。でも額《がく》が額じゃないですか。もしかしたら」

「もしかしたら？」

「殺し合い、とかかも？」

黒田の背中にゾクリと冷たいものが走った。

「ば、馬鹿言え。そんなはず」

「いやいやマジあり得ますよ。それにしても高松杯の高松ってなんでしょうかね」

もし本当に裏の世界があって、人間が賭けの対象にされているのだとしたら……。
そう考えると黒田は怖くなってきた。
高松杯。
まさか高松昭夫《あきお》のことではないだろうな。
高松昭夫とは現職総理大臣である。
黒田は段々そんな気がしてきた。
男は裏の世界に足を踏み入れ、一世一代の大勝負に出た。
しかし十億もの大金を失い、将来に絶望して死んだ……?
いや、殺された……?
黒田は防護服《ぼうごふく》のファスナーを下ろし、券を胸のポケットにしまった。
「どうするんすか黒田さん、それ」
「わからない」
誤魔化《ごまか》したつもりはない。
黒田には本当に分からない。
この事実を公にするべきか。

その前に依頼主である遺族に見せるべきだが、本当に遺族に見せてしまってもいいのだろうか。

黒田には答えが出せない。

まずは清掃作業だ。

作業中、もしかしたら聞こえてくるかもしれない。

死んだ男の心の叫びが。

肉

コース料理のメイン、熟成《じゅくせい》シャトーブリアンのステーキがテーブルに運ばれた。

小山内正三《おさないしょうぞう》はホッホッホと穏《おだ》やかに笑った。娘夫婦と三人の孫たちが肉に目を奪われているからだ。今にも涎《よだれ》が垂れそうではないか。

正三は早速《さっそく》美しいサシの入った肉にナイフを通す。力のない正三でも簡単に切ることができた。

表面にはあえてうっすら焦《こ》げ目をつけ、断面は綺麗なピンク色。見事な焼き加減である。

この日の肉は鹿児島県産《かごしまけんさん》の黒毛牛だそうだ。

黒毛牛の肉には独特の色艶《いろつや》がある。香りも個性的だ。熟成されているから尚更《なおさら》である。野性味で溢《あふ》れている。

正三はまず肉の美しさを目で楽しみ、次いで嗅覚《きゅうかく》で味わい、そしてゆっくりと口に運んだ。

まずはシンプルに岩塩《がんえん》で。

嚙《か》んだ瞬間、正三は全身に凄《すさ》まじい衝撃が走ったのを感じた。

信じられずにもう一口。

正三は激しく動揺した。

ここは都内の高級レストランだ。

樹海《じゅかい》でも、雪山でも、無人島でもない。

なのになぜだ……？

正三は六十一年前の出来事を思い出す。

一九五五年の八月。敗戦して十年が経った年だ。

正確な日にちは分からない。中学に入って初めての夏休みだった。

小学校時代からの親友である苫米地《とまべち》と一緒に軍隊ごっこをしようと言って山の麓《ふもと》の広大な森に足を踏み入れた。

食料も、水も持たず。用意したのは小型ナイフだけだった。

十三歳だった正三は水の大事さを知らなかったのだ。もともと、その日のうちに帰るつもりだった。

正三と苫米地は森の中を散策し、匍匐《ほふく》前進したり銃を撃つマネをしたり、得体《えたい》の知れないキノコや薬草を摘《つ》んだりして軍隊ごっこを楽しんでいた。

夕暮れも近づき、そろそろ帰ろうとした矢先、野犬が現れたのだ。

二人は真っ先に逃げた。何も考えずに森の奥へ奥へと入ってしまったのだ。

野犬から逃れることはできたが、気づいたときには遅かった。出口が、分からなくなっていた。

次第に森は暗くなっていく。真っ暗になる前に森から抜け出さなくてはならないと二人は焦《あせ》っていた。

が、出口は一向《いっこう》に見えてこない。

二人は益々《ますます》混乱し、また迷う。最悪の悪循環であった。

結局森から出られぬまま闇《やみ》に包まれ、二人は野犬の恐怖に怯えながら一夜を過ごした。

朝になれば何とかなる。

二人はまだ楽観的に考えていた。

長い長い夜が明けて、二人は再び歩き出す。

が、歩けども歩けども出口は見えてこない。

体力は奪《うば》われ、身体は急激に枯《か》れていく。

食料はまだしも、水がないのが最悪だった。二人は一気に憔悴《しょうすい》し、歩くのもままならなくなっていく。

迷い出してから三日が過ぎた頃だ。

あと僅《わず》か数時間耐《た》えることができたら、雨が降って身体を潤《うるお》すことができたのに……。

親友の苦米地が倒れて動かなくなった。

段々意識が遠のいていき、やがて息絶《た》えた。

脱水症状による死であると正三は認識した。自分自身がその寸前《すんぜん》であったから。それ故《ゆえ》に、親友が死んだというのに感情が溢れてこなかった。

身体はとっくのとうに枯渇している。正三は精神力のみで命を保っていた。

親友の死に絶望し、その場から動けなくなった正三は諦めかけていた。

死ぬのなら、苦米地の傍《そば》で死にたいと考えていた。

そして、苦米地の隣に横たわった。

でもまだ眠ってはいけないと、自分と戦っていた。

葛藤《かっとう》する正三の額に一粒の滴《しずく》が落ちてきた。

その一粒の滴を指につけてチュルリと吸った。

ポツリポツリと雨が降り出し、正三は一心不乱《いっしんふらん》に雨水を求めた。

雨足は次第に強まる。正三は何とか潤いを取り戻し、取り戻した瞬間、今度は空腹に襲われた。

正三自身、その後の自分は自分とは認めていない。極度の空腹で頭がおかしくなっていたのだ。

正三はナイフを取り出し、苫米地の太ももを刃で裂《さ》いた。

その瞬間正三は幻覚《げんかく》を見た。血が肉汁《にくじゅう》に見え、人肉が動物の肉に見えた。

空腹が満たされた瞬間、今度は罪悪感が襲ってきた。

それでも生きたいと思った。

苫米地の死を目の当たりにして、死ぬのが怖くなったのだ。

正三は運が良い。

出口を求め歩き出してからすぐのことだった。ボランティアで活動している捜索団《そうさくだん》に発見され、無事生きて帰ることができたのだ。苫米地については何も話していない。

一人で森の中に入って、一人で彷徨《さまよ》っていたと嘘《うそ》をついた。

「じいちゃん大丈夫？」

正三は孫の声でハッとした。

気づけば、ウエイターがナイフとフォークを拾っている。

新しいナイフとフォークが用意され、正三はもう一度肉を口に運ぶ。

涙が出た。

あのときと同じ味。

同じ肉。火が通っていたってワシには分かる。

まさかあのときの感動をもう一度味わえるとは思わんかった。冥土《めいど》の土産《みやげ》にさせてもらおう。

死んだ母さんにも食べさせてやりたかったなあ。

熟成された人間の肉。

はて何年ものかな？

銅像

私は五十年前魔女《まじょ》に石にされた。

東京駅北口のすぐ前で大道芸《だいどうげい》をしていた頃だ。

私は福沢諭吉《ふくざわゆきち》の銅像になりきって道行く人々の注目を浴びていた。

ときに笑わせ、ときに驚かせ、銭《ぜに》をくれた人には握手《あくしゅ》で対応していた。

自分で言うのも何だが私は評判の大道芸人だった。皆最初は本物の『福沢諭吉の銅像』だと思ったそうだ。私自身福沢諭吉の銅像にはかなり自信があった。

そんなある日のことだ。

紫の衣装を身にまとった魔女が現れて、いきなり私に向かって小さな杖《つえ》を向けてきた。

気づいたときにはすでに石にされていた。

心の中で助けてくれ、魔法を解いてくれと叫んだが魔女は人間の姿に戻してはくれなかった。不敵《ふてき》な笑みを浮かべてその場を去ってしまったのだ。

魔女からしてみたらただの意地悪だったのかもしれない。しかし私にとったら意地悪では済まされない。拷問《ごうもん》だ。地獄すぎる。

石にされたとはいえ意識はあるのだから。狭《せま》い狭い牢獄《ろうごく》の中に閉じ込められているかのようだ。

ただし悪いことばかりでもなかった。

いつしか私は東京駅北口のシンボルになっていた。待ち合わせの場所に使われたり、写真を撮られたり。

私は様々な人間に出会いながら時代の流れを見てきた。

視界は狭いけれど、五十年間で随分《ずいぶん》景色が変わった。東京駅周辺だから余計にそう感じるのだろう。

人間の姿もしかり。

五十年前の日本人を知る私にとっては今の日本人は異国人みたいだ。古い人間だからそう思うのかもしれないが、日本人らしさがなくなってしまった。

私は今でも人間に戻りたいと思う。

自由の身になって大道芸をしたい。

魔女よ、早く魔法を解いてくれないか。

それが無理なら誰でもいい。石になった私をぶち壊してくれないか。それで私が元の人間に戻れるかどうかは分からないけれど……。

おや？　どうしたというのか。

六十代と思われる女性がやってきた。

濡《ぬ》れたハンカチを手に持って。

初めて見る女性だ。なのになぜか突然、濡れたハンカチで私の右の太ももをゴシゴシと拭《ふ》き出した。

実は私の右の太ももには落書きがある。

へのへのもへじ。

もう何年前になるか。私が石にされてすぐの頃だったと思う。

おかっぱ頭の赤いワンピースを着た十歳くらいの女の子が油性マジックで書いたのだ。

私自身全く気にしなかったから今の今まですっかり忘れていた。

しかしどうしたというのか。

なぜか女性は一所懸命だ。ただの善意とは思えない。もっとも私はこの女性のことなど知らない。

「お願いです神様どうか孫の命を助けてやってください!」

孫?　彼女の孫がどうしたというのか?

「思い当たる、私がしてきた悪いこと、全てお詫《わ》びしますから。どうかどうか孫の命を!」まさか、あのときの女の子か?

マジックペンでへのへのもへじを書いた、あのおかっぱ頭の。

「神様仏様。どうか助けてやってください」病気か?　事故か?

それは定かではないが、とにかく彼女の孫が今、生死の境を彷徨《さまよ》ってるらしい。

もしや、幼い頃の落書きのせいで孫がそうなったと思い込んでいるのか。

私は、そうであればいいと思う。

落書きを消して孫の命が助かるのなら。

落書きを消すなんて簡単なことなのだから。

落書きは少しずつ少しずつ消えている。

私はただただ、彼女の孫の命が助かることだけを願う。

私の足元に彼女の涙がポタリと一滴垂《た》れた、そのときである。

私はハッとなった。

三十メートルほど離れたところに魔女がいる。

五十年前と全く同じ姿だ。

じっと私を見ている。

私は心の中で叫んだ。

彼女の孫の命が危ないらしい。邪悪《じゃあく》な魔法だけでなく、人間を助けられる魔法を持っているのだとしたら、私ではなく、どうか彼女の孫の命を救ってやってくれ。

死神の子分

神様の子供である僕には死神が見える。

もっとも今見えているのは死神ではなく死神の子分だ。とある若い男を狙《ねら》っている。抜き足差し足忍び足で徐々に近づいていく。

死神は一体だが子分はうじゃうじゃ存在する。人間が知らないだけだ。むしろ知らない方が良い。彼らは常に現世におり、人間と共存しているからだ。

彼らの一番の好物は不幸な人間、或《あ》るいはもうじき死にそうな人間である。意外にも死体には興味がないらしい。死ぬ直前まで群《むら》がっていたのに死んだ瞬間素《そ》っ気《け》なくその場から離れた光景を見たことがある。なかなかのドS集団である。

彼らは常に飢《う》えている。獲物がいないか、いつも探し回っている。

男は当然気づいていない。死神の子分が真後ろにいることに。

死神の子分は骸骨《がいこつ》だ。裸の骸骨。パンツすら穿《は》いていない。親分である死神もそう変わらないが。

死神もやはり骸骨だが、子分よりも一回り大きくて黒装束《くろしょうぞく》を身にまとっている。

あ、あと大きな鎌《かま》を手に持っているんだった。違いといえばそれくらいだ。

さて、死神の子分がいよいよ男の背中に飛び乗った。首に手を回してがっしりとしがみついている。

男は依然《いぜん》気づかない。死神の子分、にではなく、赤信号を渡ろうとしていることに。

男はスマホのゲームに夢中になっていて前方の信号が赤であることに全く気がついていないのだ。

死神の子分に目をつけられてしまったら厄介《やっかい》だ。不思議なことに、しがみつかれた人間は身に迫っている危険に気づけない。ゲームをしている最中であれば、ゲームに没頭《ぼっとう》してしまう。

やれやれと僕は溜息《ためいき》を吐《つ》いた。

僕は人間の不幸は好きだけれど、あくまでそれはちょっとした不幸だ。死神たちほど悪趣味ではない。

気づいてしまったからには放っておけなかった。

まずは死神の子分を男から引き離さなくては。

男に赤信号であることを告げても、死神の子分がしがみついている限り男には次々と災難《さいなん》がふりかかる。

死神の子分を引き離すにはズバリ、もう一つの好物を与えてやることだ。

子分はあくまで子分だ。奴らは誘惑に弱い。

奴らは人間の不幸に飢えているが、一方で人間に憧れているのだ。

ならば人間の姿にしてやればいい。

僕はパチンと指を鳴らして人間スーツを用意した。

二十歳のイケメンスーツだ。

これならすぐに飛びつくだろう。

僕は人間スーツを男の前にポンと放った。

人間には見えない特殊素材《とくしゆざい》のスーツである。

想像した通りであった。

男にがっしりとしがみついていた死神の子分が餌《えさ》に飛びついた。

次の瞬間、横断歩道に足を踏み入れた男が赤信号であることに気がついた。

死神の子分の方は早速人間スーツを身にまとって満足げである。

僕は腹を抱えて笑った。

奴が今着ているのはあくまで特殊素材だ。僕が人間界に降臨《こうりん》するときに着る人間スーツとは全然違う。

奴が今着ている人間スーツはすぐに腐《くさ》って溶《と》けていく。

骨、もろとも。

雄大

おやおやここにも人間にしがみつこうとしている死神の子分が一匹。

人間に忍び寄る骸骨《がいこつ》の姿は実に滑稽《こっけい》であるが、僕はどうしても理解できない。

死神の子分が狙っているのは砂場で遊ぶ幼い男の子である。

ジャングルジムとかブランコとかで遊んでいるのならともかく、砂場で事故が起こるなんて考えられない。

男の子は心底楽しそうにしているし、傍《そば》で見守る母親も幸せそうだ。不穏《ふおん》な空気なんて一切感じない。

ならば別の人間によって男の子が何かしらの事件や事故に巻き込まれるのかと思うが、周囲には誰もいない。どう考えても事件や事故に巻き込まれる雰囲気ではない。

死神の子分は何を感じ取ったのだろうか。

奴らは人間の不幸なオーラや死臭《ししゅう》を敏感《びんかん》に嗅《か》ぎ取ってやってくる。

男の子を狙っているということは、そういうことなのであるが……。

「雄大《ゆうだい》、そろそろお手手洗って帰ろうか」

母親が声をかけたと同時に死神の子分が男の子の背中に飛び乗った。男の子が小さいから窮屈《きゅうくつ》そうにしている。

「雄大、雄大」

男の子は母親を振り返りもしない。お山作りに没頭《ぼっとう》している。

骸骨は依然《いぜん》男の子にしっかりとしがみついている。

しかしやはり何かが起こる気配はない。

骸骨は何を期待しているのか。全くもって謎である。

「ねえ雄大帰ろっ、ゆーだい！　ゆーだーい！」

僕は母親の、子供の呼び方でピンときた。

おいおい、まさか……？

もしそうだとしたら間抜《まぬ》けすぎるぞ。

「ユーダイ！」

そのまさか、だったらしい。

死神の子分が男の子の背中からヒョイと下りた。頭をポリポリと掻《か》いている。

僕は思わず、この死神、外人かよっ！　と突っ込んでしまった。
ここは日本だ。雄大ってのはあくまで名前なんだ。そういう意味じゃないっつうの。
全く敏感に反応しすぎだから。
あ、ちなみに言っておく。
今公園にやってきたその男。
カップ焼きそばを食べるだけだからな？
間違っても『デスソース』に反応するなよ？

鬼ごっこ

はい僕です神様の子です。
久しぶりの訪問者である。
至極退屈《しごくたいくつ》な僕の乾いていた心が生き返った。
やってきたのはフワリフワリと宙を浮く魂《たましい》である。
青でも赤でもない。黒い魂。
その数ざっと二十柱。
彼らは青い魂や赤い魂とは違い、人間として生まれる可能性をなくした魂である。
つまり、命が宿ったものの人間の手によって命を絶《た》たれた者たちだ。
彼らも最初は青や赤だった。が、人間の身勝手な理由、或《ある》いは不慮《ふりよ》の事故や事件に
よって黒い魂となってしまった。
僕は期待に胸を膨《ふく》らませている。
退屈な僕に活力を与えてくれ。

「今日はお願いがあってやってきました」

誰が言ったのか数が多すぎて分からない。

どれも同じ色、同じ姿だから誰が言ったか、そう拘《こだわ》らないが。

「人間界に、勘田陽《かんだよう》という三十九歳の男がいます」

「ふむふむ。その男がどうした？」

「ここにいる僕たち全員、勘田に殺されました」

「うん？　勘田はなぜ君たちを殺す必要があったんだ？」

「勘田は僕たちの父親です」

僕はさすがに驚いた。

堕胎《だたい》した女性は一人ではないだろう。むしろ一人だったらもっと驚く。

つまり勘田という男は次々と女性を孕《はら》ませては堕胎《だたい》させたということだ。

それにしても凄《すご》い数である。

もはやプレイボーイの域を超えてただのゲス男である。

僕は俄然高揚《がぜんこうよう》した。

彼らには申し訳ないが、何だか面白いことになりそうではないか。

「で、僕に何をお願いしに来たのだ?」

「勘田を懲《こ》らしめたいのです。僕たちの母親だって勘田を恨んでいるはずなんです」

期待通りだ。彼らは勘田に対して黒い感情を抱いていた。

「どうやって懲らしめるんだ?」

「話し合った結果、鬼ごっこをしようと思います」

「鬼ごっこ?」

「包丁やハサミを持って、毎日毎日追いかけ回して、勘田を恐怖のどん底へ突き落としてやりたいです!」

「ふうん」

なかなか面白い発想だけれど、どこかで聞いた話だな。人間界の何とかという人物が鬼ごっこを題材にしたホラー小説を書いていたような……。

「面白そうだね。いいよ、人間の姿にしてあげる。子供の姿だ。子供が凶器を持って追いかけてくる方がある意味怖いからねえ」

「ありがとうございます」

「君たちだけじゃなくて、君たちの母親も一緒に参加したらもっと面白いだろうがね」

「あまり面白がらないでください。僕たちは本気なんです」

僕はぺろっと舌を出した。

「ああそうだったね。では鬼ごっこを始めようか」

黒い魂たち全員が声を揃《そろ》えて返事をした。

「あちょっと待って。ルール決めようか、ルール」

「ルール、ですか」

「そ。ずっとやってても飽きちゃうからねえ。そうだな、期限は一週間。勘田を追いかけていいのは、夜の十一時から十二時までの一時間。これでいこう」

「はあ……」

僕は黒い魂たちを指差し、

「さあ鬼ごっこの始まりだ！　ゆけ！　鬼たちよ！」

王様の気分になって命令した。

黒い箱の中で

このまま火葬場《かそうば》に運ばれたら恐ろしすぎるな。或いは蓋《ふた》を溶接《ようせつ》されたらどうする。いくら生き甲斐《がい》がないとはいえさすがに狭い箱の中で一生暮らすのは嫌だなあ。ほとんど身動きが取れない京本信吾《きょうもとしんご》はあれこれ想像を膨《ふく》らませるしかなかった。

京本は今黒い箱の中にいる。閉じ込められたのではない。自ら志願して入ったのだ。

黒い箱は棺桶《かんおけ》と同じ形をしており、それ故《ゆえ》入るときはさすがに不気味であった。サイドには小さな穴があけられており、両手だけは外に出せるようになっている。京本の右手には今、一本の管《くだ》が通されている。点滴《てんてき》だ。

水分補給も問題ない。左の穴からゴムチューブがきていて、いつでも水が飲めるようになっている。

が、極力《きょくりょく》水分は取らないようにしている。排尿《はいにょう》の問題があるからだ。

オムツをしているとはいえこの中でするのは抵抗がある。

大きい方もそのままお願いしますと言われたがさすがにそのときは外に出してもらおうと思う。窮屈《きゅうくつ》なのは耐《た》えられるが臭いは無理だ。ノイローゼになってしまう。ある意味テロだ。昨日ギョウザなんて食べるんじゃなかった。

それにしても退屈だ。分かってはいたが想像以上である。妄想を膨らませて気を紛《まぎ》らわすしかないが、疲労からなのかなんなのか、いつもみたいに集中力が持続しない。妄想を膨らませてもすぐに砂嵐になって現実に引き戻される。

せめて寝返りがうちたいと京本は思う。仰向《あおむ》けだと眠れないんだ。枕《まくら》くらい用意してくれてもよかったのに。

今何時だ？

黒い箱の中に入ってからどれくらいが経ったろう。

さすがに五時間は経過したと思われる。

五時間だとして残り六十七時間か。

気が遠くなりそうであった。

まだまだ長い道のりである。

京本はやはり金のことを考えるしかないと思った。

三日間黒い箱の中に入っているだけで三十万円貰《もら》えるのだ。

極秘のバイトである。

同じ大学に通う医学部の友人高橋が唐突《とうとつ》に話を持ちかけてきた。

実験の被験者《ひけんしゃ》にならないか、と。

実験と聞いたとき京本は身構《みがま》えたが、内容はそう大したものではなかった。

三日間、寝たきり状態の人間の筋力《きんりょく》の低下を調べる、というものだった。

黒い箱の中で三日間過ごすだけでいいと聞いた瞬間京本は了承した。そんな楽なバイトはないと思ったし、何より三十万は魅力的すぎた。

しかしいざ黒い箱の中に入ってみるとなかなか苦痛である。排泄《はいせつ》の問題だってあるし、今思えば三十万は妥当、いやある意味安いのかもしれない。

とはいえ後悔はしていない。いずれにせよ三十万は大金だ。新しいスマホとゲーム機とパソコンを買うんだ。

退屈ならば、寝ればいい。三日間寝て過ごせばいいんだ。

真っ暗闇の世界に閉じこもった京本はハッと目を見開いた。

誰かが部屋にやってきた。

看護師か。

二人いる。もう一人は高橋だろうか。

違う。高橋だとしたら声をかけてくるはずだ。

京本は一抹《いちまつ》の不安を抱いた。

今微《かす》かに、しっ、という女性の声が聞こえた。

一方が何かを話したらしいが、女性が遮《さえぎ》ったのだ。

「あの……」

京本が声をかけた刹那《せつな》、

「点滴の交換に来ましたあ」

取り繕《つくろ》ったような女性の声。

「京本さん、右手出してもらっていいですか？」

京本は言われた通りに右手を出す。

「失礼しまーす」

チクっと痛みが走った。

次の瞬間京本はある違和感に気づいた。

点滴の交換じゃなかったのか？

最初は針を刺すが、交換の際はパックを取り替えるだけじゃないのか？

京本はこれまで点滴を受けた経験がないから実際のところは分からないが、段々不信感が芽生《めば》えてきた。

「すみません、何の点滴ですか？」

「何の点滴って、点滴は点滴です」

「何のための点滴ですか？」

「栄養を取り入れるための点滴です」

「それ、本当に点滴ですか？」

「ええ、もちろん」

二つの足音が去っていく。

結局もう一人は誰だったんだろう？

しかしこの感覚はなんだ？

全身から力が抜けていく。

身体が萎《しぼ》んでいっているような……。
意識も段々薄れてきた。
おい高橋。
思うように声が出ない。喉《のど》を塞《ふさ》がれているかのようだ。
高橋。おい。
おまえの言った実験って、本当に筋力《きんりょく》の低下を調べる実験なのか？
おまえの言うことに偽《いつわ》りはないのだろうな。
事実筋力が低下している。
急激に。一気に百歳年をとったみたいだ。
この黒い箱は実は玉手箱《たまてばこ》だった、なんて冗談通じないぞコラ。
おまえら俺に何をした。
この後一体何をするつもりだ。
ダメだ、蓋《ふた》が開かない。
どうやら最初から開かないようになっていたらしい。
助けろ。

助けてくれ高橋。

苦しい。

おまえら、俺に一体何を投与《とうよ》した。

鬼退治

いよいよ鬼退治《おにたいじ》のときがやってきた。

ただ昔話のように、鬼を倒《たお》すことができるかどうかは分からない。

俺たちはまだレベル12だ。鬼を退治するにはまだまだ腕力《わんりょく》が足りない。経験だって少ない。鬼は一匹だがレベルは35だ。四人がかりとはいえ、下手すれば一瞬でやられる。

それでも俺たちは絶対に鬼を倒さなければならない。

俺たちのリーダーである桃太郎《ももたろう》の未来のために。

桃太郎はあだ名じゃない。本名だ。

桂木《かつらぎ》桃太郎。

桃太郎の母親の名前は桃。桃の陣痛《じんつう》が始まったとき、桃太郎のじいちゃんは庭で草刈りしていて、ばあちゃんはコインランドリーにいたらしい。

桃のレベルは34。かなり戦力になると思うけれど桃は今日、俺たちが鬼退治することは知らない。何も知らずに家にいるらしい。

俺は正直不安はあるけれど、鬼に立ち向かうことに恐れは抱いていない。

猿谷《さるたに》も鳥山《とりやま》も、ビビってなんかいない。

桃太郎の背中をじっと見据《みす》えている。

俺も同様に、先頭を歩く桃太郎の背中を見つめているが、桃太郎を見ていると、一年前の自分たちの関係を思い出すのだった。

一年前は立場が逆だった。

俺たちが桃太郎をイジメる側だった。

俺たちと言っても鳥山はいない。

俺と猿谷だ。

俺と猿谷は今もそうだが学年で恐れられている存在だ。

犬飼《いぬかい》と猿谷コンビには近づくなって小学一年生のときから言われていた。

教師たちは、犬猿の仲のはずなのにねえって面白がっている。

桃太郎の存在を知ったのは俺たちがレベル11のときだ。

五年生になった春、二年に一回のクラス替えで桃太郎と一緒になったのだ。

桃太郎はクラスで一番小さくて体つきも貧弱《ひんじゃく》だった。

栄養失調《えいようしっちょう》なんじゃないかって思うくらい。

チビでヤセで、おまけに暗い。

俺たちはそういう弱い奴《やつ》を狙ってはイジメていた。今思えば最低だ。

桃太郎は俺と猿谷にいくらイジメられても抵抗してこなかった。謝《あやま》るばかりで情けない奴だった。

そんな日々が二学期の最後まで続いた。

そして短い冬休みが終わり、三学期が始まった。

その日の放課後だった。桃太郎が突然、俺と猿谷にお願いがあると言ってきた。

なんだと聞くと、桃太郎はランドセルの中からお弁当箱を取り出し蓋《ふた》を開けた。

中にはおはぎが入っていた。冷たくてカチカチになっているであろうおはぎ。

意味が分からず、舐めてんのかと詰め寄ると桃太郎がこう言ったのだ。

おはぎをあげるから、一緒に鬼を退治《たいじ》してくれないか、と。

俺と猿谷は桃太郎の胸ぐらを摑《つか》んだ。

桃太郎が昔話を真似《まね》て俺たちをおちょくっているのかと思ったからだ。

でも桃太郎は真剣だった。鬼を退治しなければ僕たちは不幸なままだと言った。俺と猿谷が事情を聞くと、張っていた糸がふっと緩《ゆる》んだみたいに急に桃太郎が泣き出した。

お父さんが交通事故で死んじゃったせいで僕たちは不幸になった、と桃太郎は泣きながら語り始めた。

俺は父ちゃんが死んだことと鬼退治がどう関係しているのか全く分からなかった。ちょっと待て鬼って何なんだ。

俺が遮《さえぎ》るように問うと、桃太郎は鬼の正体を言った。正体を言った後、鬼を退治したい理由を話してくれた。

全ての事情を知った俺は、素直に桃太郎はすげえと思った。

何がすげえかって、桃太郎の勇気だ。

桃太郎は頭に描いている物語を現実のものにしようとしている。

俺には到底《とうてい》マネできないと思った。

猿谷も俺と同じで桃太郎の勇気に感服していた。

昔話の通り、やっぱり桃太郎は強い。俺たちはいくらいきがったところで所詮《しょせん》犬と猿なんだと思い知らされた瞬間だった。

桃太郎を認めた俺と猿谷は、弁当箱の中にあるきび団子、ではなくおはぎを摑《つか》み取って豪快に頰張《ほおば》った。うめえうめえと言いながら。

冷たいおはぎを食べ終わった俺は一度冷静になって桃太郎に助言した。

俺たちはまだレベル11だ。せめて14とか15になってからの方がいいんじゃないか、と。

桃太郎は、三年も四年も待てないと言った。

それはその通りだと思った。とはいえやはり今すぐは無理だ。

俺たちはまだ弱すぎる。身体を鍛《きた》え、戦い方を学び、訓練する必要がある。

俺は桃太郎に、桃太郎がレベル12になった日に鬼退治を実行しようと告げた。

ちょうど三ヶ月後である。

桃太郎は悩んだ末、分かったよ、と言った。

納得してはいない。それでも三ヶ月なら耐えられると決断したようだ。

俺たちは鬼退治を誓ったその日以来、毎日身体を鍛え、作戦を練り、訓練を重ねた。

俺と猿谷は空手にも通って稽古《けいこ》を積んだ。

桃太郎も誘ったが、ウチにはお金がないからムリだ、と桃太郎は言った。

そう言われると俺たちは何も言えなかった。それなら俺たちが習ったことを桃太郎に教えてやろうと、毎日毎日桃太郎の稽古の相手になった。

徐々に力を付けていく一方で、俺はある不安を抱えていた。

本当に三人で鬼を倒すことができるだろうか。せめてもう一人は仲間が欲しいと思っていた。

その想いが通じたのか、先月俺たちのクラスに転校生がやってきた。

鳥山健吾《けんご》。

クラス一背が大きくて、聞けばレベル6の頃から空手と柔道を習っているという。

仲間にするならコイツしかいないと思った。

偶然にも『鳥』だし。キジだったら言うことなかったけれど細かいことは気にしない。ワカチコワカチコだ。

俺はすぐに鳥山に決闘を申し込んだ。相手が強いと知った上でだ。無論鳥山に恨みはない。鳥山の実力を知りたかったのが一つ。もう一つは、殴《なぐ》り合うのが親友になる一番の近道だと思っていたからだ。猿谷と仲良くなったときもそうだった。喧嘩《けんか》して握手したのが始まりだった。

俺は言うまでもなく鳥山に負けた。経験が違いすぎる。全く歯が立たなかった。

ボロボロにやられなかったのは、鳥山が力の差を知っていたからだ。

なぜいきなり決闘を申し込んできたのかと聞かれた俺は、鳥山に全ての事情を話した。

でも鳥山は鬼退治に参加するとは言ってくれなかった。さすがにそれはムリだと。

そんな鳥山が決心してくれたのは二週間前だ。

桃太郎が鳥山のためにおはぎを用意してきた日である。

桃太郎は顔や身体にいくつもの青痣《あおあざ》を作って登校してきた。

鳥山は何も聞かずに、分かったよ、と言ってくれた。そして桃太郎が用意してきたおはぎを食べたのである。下品な俺たちとは違い、おいしいおいしいと笑顔で頷きながら……。

いよいよ鬼の棲《す》む場所に到着した。

鬼ヶ島、ではなく桃太郎が暮らすアパートだ。

桃太郎の部屋は二階だ。２０１号室。

今にも崩れ落ちそうなくらいぼろい階段をカンカンカンと音を立てながら俺たちは上っていく。

俺と猿谷の右手には金属バット。

卑怯じゃない。相手は鬼だ。手段は選ばない。有無を言わさずやってやる。

桃太郎の身体は相変わらず小さい。

出会ってから一年以上が経つのにほとんど体形が変わっていない。

それは桃太郎が満足に食べてないからだ。

正確に言うと食べさせてもらっていないからだ。満足に食べられるのは給食のときだけ。いつも貪《むさぼ》るようにして食べる桃太郎が俺は不憫《ふびん》で仕方ない。

桃太郎の身体には今も青痣がいくつもある。言うまでもなく鬼にやられたのだ。

二階にやってきた刹那《せつな》、ドンと何かを壁に叩きつける音がした。

桃太郎が暮らす部屋の中からだ。

桃太郎が慌《あわ》てて扉を開ける。

鬼が桃太郎の母親の髪の毛を摑んで引きずり回しているのであった。

テーブルがひっくり返っている。ビールの空き缶や雑誌等が部屋中に散らばっている。

どんよりと重く濁《にご》った空気。

風が吹いた。

閉ざされたカーテンがゆらりと揺れる。

うっすらと光が差した。

日射《ひざ》しが靄《もや》を切り裂く。

俺は今更《いまさら》気づいた。部屋の中が煙《けむ》い。

火のついたタバコが絨毯《じゅうたん》に落ちている。

髪を乱し、目を真っ赤に腫らした母親が逃げてと叫んだ。

鬼が何かを吠えている。

俺は、どういう経緯で母親が鬼と一緒になったのかまでは知らないが、桃太郎の新しい父親の顔が、本当の鬼に見えた。

いや鬼だ。奴は人間じゃない。

前に桃太郎は言った。鬼を退治しなければ僕とお母さんは本当に殺されると。

かと言って警察には通報したくない。

自分の手で退治したいんだ、と。
俺は桃太郎の言う『退治』の意味を知っている。
俺は金属バットを両手で握りしめる。
身体が震えた。
怖いからではない。
武者震《むしゃぶる》いだ。

ワタシノナマエ

ワタシはナマエを失った。

昨日までは『エミリー』だった。なかなか気に入っていたのに。

昨日の夜に捨てられちゃった。ゴミ捨て場に。

ずっと可愛がってくれてたのに。

毎日おままごとして遊んでたのが嘘《うそ》のよう。

ねんねするときはパジャマに着替えさせてくれていたし、お風呂の後はワタシの自慢のブロンドヘアーを乾かして綺麗《きれい》にとかしてくれていた。

なのに智花《ともか》、アナタはワタシを捨てた。

ワタシは何も悪いことなんてしてないのに。大人たちが勝手に『呪《のろ》いの人形』と決めつけただけよ。

でも本当にそうなのかもしれないわね。

ワタシを拾った子供が重病にかかったり、その家族や身内が殺されたり、自殺したり……。

捨てられたのはこれで何度目かしら？

拾われては新たなナマエをつけられて、最初は可愛がられるけれど、結局みんなワタシを恐れてゴミ捨て場にポイ。死体遺棄《いき》より質《たち》が悪いわ。だってワタシは生きているんだもの。

人間って本当に身勝手ね。捨てるくらいなら最初から拾わなければいいのよ。

でもこのままというわけにはいかないわ。

何となくだけれど、そろそろゴミ収集車がやってきそうな雰囲気なのよ。ゴミ出しに来た主婦を見れば分かるわ。慌てすぎよ。

ねえ誰でも良いからワタシを拾ってちょうだい。このままじゃ焼却炉《しょうきゃくろ》行きよ。生きたまま溶けていくのだけは絶対にイヤっ！

ああほらやっぱり来たわよ。ワタシの悪い予感は的中するの。

今回だけじゃないわ。病気にかかりそうな人間、死にそうな人間、事件に巻き込まれそうな人間。

ワタシが予感すると全部その通りになる。なぜかしらねえ？

それよりもワタシの運命は……。

大丈夫。きっと。隣にいるボロのぬいぐるみとは別の運命を辿るはずよ。アンタは焼かれる運命よっ！　醜《みにく》い姿のままでいるよりは焼かれた方がずっとマシでしょ。

ほおら、思った通り。

「このお人形さん可愛い。こんなに可愛くて綺麗なのにどうして捨てられてるのかしら。可哀想に」

アナタも可愛いわよ。ワタシには負けるけど。

黄色いリボンと赤いランドセルがよくお似合いね。

「学校に連れて行こっと」

ああもうちょっと丁寧に扱ってちょうだい。胸が痛い、苦しいわよ。

「名前は何にしようかしら。瞳《ひとみ》が緑だからミドリちゃんにしよっと」

今日からワタシはミドリちゃん、か。

アナタの名前は何かしら？

ワタシを拾ってくれてどうもありがとう。これからたくさん遊んでいっぱい想い出作りましょうね。

もしかしたらアナタやアナタの家族が不幸になるかもしれないけれど、どうぞよろしく。

妖精が人間と交われる日

大自然の中で密《ひそ》かに暮らしているレオンは興奮を隠しきれなかった。子供だから尚《なお》更《さら》である。

どれだけ『このとき』を待ちわびたか。

昨晩は一睡もできなかった。一晩中今日のことを想像していたのだった。

レオンは妖精《ようせい》である。普段は森の中で家族や仲間たちと暮らしている。

妖精の姿は人間が想像している通りだ。

頭部には角のような触角があり、背中には銀白の羽が生えている。髪の毛は金色で、耳と鼻はピンと尖《とが》っており、ミドリの衣服を身にまとい、小さなステッキを手に持っている。

妖精たちには特別な使命はない。強いて言えば大自然を見守ること、くらいである。

大自然で暮らす妖精は様々な野生動物たちと共存している。皆仲良しで、レオンは毎日動物たちと戯《たわむ》れている。

しかし唯一共存してはいけない動物がある。

人間だ。

妖精たちは『基本的』に人間の前に現れてはいけない。『妖精』であることを知られた瞬間にその妖精には大きな罰《ばつ》が下されるからだ。

存在が、消えてなくなってしまうのである。一瞬ではなく、少しずつ少しずつ存在が薄れていき、最後はシャボン玉が弾《はじ》けるときのようにパッと消えてしまうのだ。

レオンはこれまで幾度《いくど》もその瞬間を目の当たりにしてきた。

レオンはなぜ自分たちが妖精であることを人間たちに知られてはならないのか、その理由が分からない。

しかし妖精界の昔からの掟《おきて》なのだから仕方のないことである。

レオンにとってその掟は残酷《ざんこく》なものであった。

レオンは人間たちと共存したいと日々夢見ているからだ。他の妖精たちも同様である。

しかしレオンは一方では恐れを抱いている。

レオンの方から人間たちの前に姿を現すことはないが、人間たちの方から森にやってくることがある。自然の中で暮らす動物やキノコを求めて。

そんなとき、レオンたち妖精は息を潜《ひそ》めて隠れるしかない。本当は驚かせたり、イタズラしたりしたいのに、それは絶対に許されない。

そんな切なくもどかしい日々を送る妖精たちであるが、唯一人間たちと交われるときが存在する。

ハロウィンである。

ハロウィンのときだけは人間たちが皆仮装しているのでレオンたち妖精が人間界に現れても気がつかれないのだ。

レオンたちがこの日現れたのは横浜の元町商店街である。

イベントは昼からだがレオンたち妖精は空が暗くなり始めた頃にやってきた。暗い方がより妖精であることに気づかれにくい。元町商店街では三日間ハロウィンのイベントが行われるから遅くやってきてもまだまだ時間はたっぷりある。

一年ぶりのハロウィンにレオンは胸をときめかせた。

商店街は派手なイルミネーションに彩られ、多くの人間たちで賑《にぎ》わっている。仮装した子供たちが列を作り、大人たちからお菓子を貰《もら》って喜んでいる。

レオンは羨《うらや》ましくて列の最後尾に並んだ。

誰もレオンに不審を抱いてはいない。

当然である。レオンよりも妖精っぽい子供がいるのだから。

レオンは堂々とした足取りで商店街を歩き、魔女の格好をした大人からお菓子を貰《もら》った。

袋に入ったクッキーである。

レオンは早速袋を開けてクッキーを食べた。

甘い香りが口いっぱいに広がる。

ただのクッキーだがレオンにとっては新鮮であり、懐かしい。

そうそうこの味。

レオンは思わず、

「しあわせぇ」

と叫んでしまった。

一瞬皆の視線が集まるが、セーフセフ。大丈夫気づかれていない。

レオンは次の店舗でグミを貰い、更にその隣ではチョコレートを貰った。

レオンはこの日、羽を広げても飛べなくなってしまうくらいお菓子を食べてやろうと意気込んでいた。

しかし案外すぐにお腹が膨《ふく》れてしまい、レオンは列から一旦《いったん》外れて休憩することにした。そこでようやくレオンは家族や仲間たちとはぐれていることを知った。

みんなどこにいるんだろう？

人間たちに紛れて歩道に佇《たたず》むレオンの前に一人の少女がやってきた。

十歳くらいだろうか？

レオンとほぼ同じ背丈であり、煌《きら》びやかな青いドレスを着ている。

頭には銀のティアラ。首には赤いネックレス。

よく見るとうっすらメイクまでしている。

両手には薄手の手袋をはめており、カボチャの形をしたバッグを提《さ》げている。貰ったお菓子が入っているのだろう。

子供なのに、なんだか大人みたいな少女である。

「可愛い衣装ね」

女の子が言った。

「え、ああ、うん」

「羽が本物みたーい」

「そう、かな？」

「うんうん。ねえどこで作ったの？」

「えっとねえ、えっと」

レオンはまさかそんな質問をされるとは思っておらず激しく動揺した。

「えっと、えっと、内緒」

「なーんだ。ケチねえ」

レオンはそっと女の子の顔を見た。

頰《ほお》をプクリと膨《ふく》らませている。

目が合うと、嘘だよ、という風にニコリと笑った。

その瞬間レオンは時が止まったかのように感じた。

「ねえ名前は？」

人間に名前を聞かれたのは初めてだった。

それだけでもレオンは嬉しかった。

しかし単純にそれだけではないと思う。

「僕の名前は、レオン」

「レオ？」

「ううん、レオン」

「レオンかあ。私はジュリア。覚えた？」

「う、うん、覚えた」

レオンが頷《うなず》くと、ジュリアが左手を差し出してきた。

「え？」

「お菓子ちょうだいよお」

レオンは自分の身体をぱたぱたとまさぐる。

ミドリの服のポケットに『お菓子』はない。

「貰ったお菓子、全部食べちゃった」

「あらそう。交換しようと思ったのに。じゃあ仕方ないわね。私のお菓子をあげる」

ジュリアはそう言うと、バッグの中から可愛らしい包み紙にくるまれたお菓子を手に取った。

「キャンディーだよ。あげる」

レオンはそっと右手を差し出す。

ジュリアの手が触れた、その瞬間だった。

心臓が握られたみたいに胸がキュッとなって、身体中が熱を帯《お》びた。

こんな体験は初めてだった。

初めてだから、レオンは自分の感情の正体を素直に受け入れられない。

「バイバイ、レオン」

ジュリアが背を向け、歩き出す。

「ねえっ！」

「うん？」

「明日も、ここへ来る？」

レオンは勇気を出して聞いてみた。

「明日は来ない」

「どうして？」

「明日ね、お引っ越しするの」

「お引っ越し？」

「そう。遠い遠いところ」

「遠い、遠い？」

「フランスってとこ。パパがそこでお仕事するんだって」

レオンは行き場を失ったような想いであった。

「そう……」

「どうしたの？」

レオンは首を横に振った。

「日本にはいつ帰ってくるのかなあ？」

「分からない。何年も先かもね」

レオンは俯《うつむ》いた。

「もしまたこのハロウィンで会えたとしても、そのときはもう大人になってるかもしれないってことだね」

「そうだね」

ジュリアは何も知らずに微笑《ほほえ》んだ。

「僕はそのとき、気がつかないかもしれないね。すぐ近くにいても」

ジュリアにはよく聞こえなかったようである。

レオンはポケットの中をまさぐった。お菓子はないが『種《たね》』ならある。

特別な種だ。

「フランスのお家《うち》でこの種を植えてくれるかな？」

「うんいいけど。この種は何なの？」

人間の知らない花が咲く。

向日葵《ひまわり》みたいに太陽の形をしており、大きな花びらが七枚。一枚一枚色が違い、色鮮やかな花である。

妖精界では『レインボー』と呼ばれている。

人間がなぜレインボーを知らないのか。それは、妖精たちの主食だからだ。

人間が知る前にレインボーは存在を消すのである。

「ある花が咲くよ。絶対に枯《か》らさずに育ててほしいんだ」

「うんいいよ分かった」

「もしまたここのハロウィンに来られるときがあるとしたら、そのときはその花を持ってきてほしいんだ」

そうすれば、彼女が大人になっていたとしてもすぐに分かるから。

「うんいいよ」

「約束ね」

「うん約束！　じゃあね」

レオンはジュリアの背中を最後まで追った。

僕も人間として生まれたかった。

レオンがこれほどまでに強く人間に憧《あこが》れを抱いたのは初めてであった。

また、会えるかなあ。

その日まで妖精として存在していられるか分からない。もしかしたら掟《おきて》を破ってしまうかもしれないから。

レオンは右手をそっと開いた。

可愛い包み紙にくるまれたキャンディー。

迷わずその場で包み紙を開いた。もったいぶっていたら後悔するときがくるかもしれないから。

ジュリアがくれたのは虹色《にじいろ》の丸いキャンディーだった。
舌に乗せるときゅんとした甘酸っぱさが口に広がる。
レモンのような、イチゴのような。
体験したことのない、初めての味だった。

タイガーマスク

近頃全国各地の児童養護施設にたくさんのランドセルが届けられるらしい。

送り主はタイガーマスク。どうやら一人ではないらしく、誰もその正体を知らない。

神様の子である僕は、知ろうと思えば知ることができる。でもあえて知ろうとは思わない。

面白くないからだ。かっこつけるにも程がある。気取らずに、普通にランドセルを送り届ければいいんだ。

なあにがNEWヒーローの誕生だ。ただランドセルを寄付しただけではないか。

皆が知らないだけで、僕の方が百倍ヒーローだっつうの。

僕は今横浜市磯子《いそご》区にある『ふたば園』という児童養護施設を眺めている。ふたば園に焦点を絞ったのは偶然である。

子供たちの部屋にはランドセルが一つ二つ三つ……。

ああそうか今日は日曜日か。

どうりで、正午過ぎだというのに皆のランドセルが部屋に置いてあるわけだ。

子供たちが一斉に園内から出てきた。

なるほど今までお昼ご飯を食べていたんだな。みんな、おべんとつけてどこいくんだ？

子供たちが施設に来た経緯はそれぞれであるが、皆元気いっぱいだ。

ほう。どうやらふたば園にはタイガーマスクは出没していないらしい。

しかしその必要はない。

タイガーマスクよ。新品のランドセルが本当に喜ばれていると思うのか？

子供たちが本当に望んでいること。

それは。

「これだよ」

パチンと指を鳴らした瞬間ふたば園の敷地内が遊園地に早変わりした。敷地が狭いからどれも規模は小さいが、まあまあよくできた方だと思う。園内を囲むように設置したジェットコースターが一番の自信作だ。

唖然《あぜん》とする子供たちの様子を見て僕は笑った。そりゃそうなるに決まってる。

しかし子供は汚れた大人みたいに難しいことなんて一切考えない。

皆それぞれのアトラクションに嬉々《きき》として走って行く。

メリーゴーラウンド。お化け屋敷。フリーフォール。ジェットコースター。

あ、観覧車忘れた。

まいいか。いずれにせよ観覧車を設置するスペースはないからな。

「どうだタイガーマスクよ。格の違いを思い知ったかね？」

気づけばふたば園には人だかりができている。

羨《うらや》ましそうに眺める子供たちがかなり目立つ。

僕は当初、ふたば園の子供たち以外を遊園地で遊ばせるつもりはなかったが、考えが変わった。

僕はもう一度指を鳴らす。

観衆の前に看板がパッと現れて、門の前に着地した。

『入場料お一人様1000円』

ほら園長、ボーッとしてないで入場料を徴収《ちょうしゅう》しに行って。

ナビ

太田《おおた》祐作《ゆうさく》はガソリンメーターが少し気がかりであった。しかし周囲にガソリンスタンドはない。もっともガソリンスタンドがあったとしても営業しているかどうか。

時刻は深夜の二時だ。

場所が場所だけに人は一人もおらず、そういえば車も全く目にしなくなった。

『100メートル先、阿美津峠《あびつとうげ》入り口右方向です』

いよいよ阿美津峠にやってきた。ぎりぎりガソリンはもつだろう。峠を登って反対側の阿美津ダム方面に下りる。ナビによればすぐ国道だからセルフのスタンドがどこかにある、はずだ。

それまで片手運転をしていた祐作は両手でしっかりとハンドルを握《にぎ》った。クーラーを全開にしているが汗ばんでいる。

やはり一人だと緊張感が違う。

本当にこの先怪奇《かいき》現象など起きるのか。

昨晩、大学の友人である吉見《よしみ》が阿美津峠でドリフトの練習をしている際、頂上手前のトンネル付近で奇妙な体験をしたらしい。

『ナビだ』

祐作は信じていないがそれでもブルリと胴《どう》が震えた。

ラジオの音量を大きくして暗闇の峠を登っていく。

一本道だがナビは阿美津ダムまでの道程《どうてい》と残りの距離を案内している。

何も変わらない。いつも通り無機質な女の声だ。

祐作はライトを上向きにした。少し霧《きり》がかかっていて前が見づらいのだ。

視界が良好になると祐作は色々な意味で安堵《あんど》した。

「そんなことあるわけないだろう」

吉見に、言ったのである。

祐作は家を出る直前吉見にメールを打った。本当に行かないのか？　と。

祐作は何度も誘ったのだが結局吉見は最後まで拒否した。もう絶対に行きたくない、と。

あの怖《こわ》がり方はマジだ。

吉見は本当に奇妙な体験をしたらしい。
それ故《ゆえ》に祐作は興味半分怖さ半分である。
もう一度ナビを見た。
声は相変わらず。画面も普通だ。何も異常はない。
細い峠道をグルグルとひたすら登ってきた祐作は再度ナビを確認した。
もうじき頂上である。
急に霧が濃くなってきた。
先ほどまで見えていた夜景が全く見えなくなるほどに。
祐作は汗ばんだ両手でハンドルを握り直した。
霧の先に、トンネルがある。吉見が言っていたトンネルに違いない。
祐作は速度を急激に落とした。
視界が悪いからではない。
今、明らかにナビがおかしかった。
無機質なあの声で『助けて』と言った。
祐作は即座に車を停めた。

『助けてください。私を助けてください』

なぜか急にワイパーが動いた。

祐作はハッと前方に目を凝《こ》らした。

『10メートル先、目的地周辺です』

祐作の全身にゾワッと鳥肌が立った。

トンネルの入り口に誰かいる。

女の子だ。赤いワンピースの女の子が蹲《うずくま》っている。

祐作は吉見の体験が本当であったことを知った。

トンネルにさしかかった瞬間ナビが助けてと言い出して、前を見たら女の子が蹲っていた、と。

あの子は一体なんだ？

周囲が濃霧に包まれているせいで最初からいたかどうかは分からないけれど、多分いなかったと思う……。

祐作は引き返すか否《いな》か迷った。

普通は引き返すだろう。だが引き返したら吉見と同じだ。

吉見との違いを見せつけてやる。

祐作はエンジンをかけたまま車から降りた。

恐る恐る女の子に歩み寄る。

女の子は蹲ったままである。それ故、顔は全く見えない。

祐作は五メートルほど離れたところから、

「どうしたの？」

と声をかけた。

女の子は泣いているようだった。

「どうしたの？」

もう一度尋ねると、

「あのね、あのね」

女の子が洟《はな》をすすりながら言った。

「お母さんがね、そこからお父さんに突き落とされたの」

俯いたままガードレールを指差している。

そこだけ形が歪《ゆが》んでいた。

しかし車がぶつかった痕跡《こんせき》はない。塗装は綺麗な状態だし、車がぶつかったのだとしたらもっと派手に歪《ゆが》んでいる。

ガードレールの先は崖《がけ》だ。

「聞こえるでしょ？」

祐作は耳を澄ます。

何も聞こえない。

「お母さんが助けてって言ってるよ？」

祐作は車を振り返った。

あれは女の子ではなく母親の訴えだった……。

「ねえ」

祐作は心臓が跳ねた。

向き直り、

「なに」

小声で問うた。

「そこから下見てみて」

女の子は相変わらずガードレールを指差している。
祐作はスマホを手に取り懐中電灯のアプリを起動させた。
女の子の言う通り、下を覗《のぞ》いてやろうじゃないか。
祐作は一歩、また一歩と歪んだガードレールに近づいていく。
ガードレールが目の前に迫った瞬間車内から声が聞こえてきた。
『目的地に着きました。案内を終了します』
背後に人が立っている。
「…………」
振り返った瞬間祐作はバランスを崩し転落した。
崖を転げ落ちる祐作は朦朧《もうろう》とする意識の中、青い顔した女の子を脳裏に浮かべていた。

トン、トン、ツー

また今夜も始まった。

今日は少し遅めのノックだ。隣の住人が帰ってきた様子はなかったのだけれど。

一日中部屋にいるんだろうか？

その割には生活音が全く聞こえてこない。

袖山《そでやま》麻衣子《いこ》は耳を欹《そばだ》てる。

トントンとノックしているだけではない。トントンの合間にツーっと壁をなぞるような音が聞こえてくる。

トントンツートトトンツートン。

正しく聞き取れているのか麻衣子には分からないけれどそんな風に聞こえる。

隣の部屋から聞こえてくる謎のトントンツーが始まってから今日でちょうど二週間。

最初の三日間は気味が悪くて仕方なかった。

何度も何度も繰り返されるトントンツーに麻衣子はノイローゼになりそうだった。

麻衣子は幼い頃から小心者で有名であった。

トイレの最中、悪戯《いたずら》で灯《あか》りを消されるだけでも叫んでしまう。もうじき大学を卒業して社会人になるが、未だに犬猫が怖いと思う。どんなに小型であってもだ。無論触るなんてとんでもない。

そんな麻衣子が他人に苦情なんて言えるはずがなかった。

隣の住人は同い年くらいの真面目そうな青年だった。会話らしい会話はしたことがないけれど、とても嫌がらせをするようなタイプには見えない。

実際嫌がらせではないのだと思う。

五日前、同じ大学に通う金原美紀《かねはらみき》に勇気を出して相談してみたところ、

『何かを伝えているんじゃないの?』

と言われ、それ以来そう思うようになった。

意識が変わって初めて気づいたことがある。

トントンとツーが刻まれるリズムだ。

デタラメではなく同じリズム、に聞こえる。

多分間違ってないと思う。何せ二週間もトントンツーを聞いているのだから。

しかし相手は何を伝えているのか。それが分からないからやはり不気味である。直接言いに来てくれればいいのに、と麻衣子は思うが、トントンツーで伝えているということは直接伝えられない理由があるのだと思う。

或いは相当シャイな性格なのか。

だとすると愛の告白？

勝手に盛り上がる麻衣子はヒャっと小さな悲鳴を上げた。

扉がドドドンと音を立てたのだ。

美紀とその友人であることは分かっている。それでも麻衣子は心臓が潰《つぶ》れる思いであった。

美紀は全く性格の悪い女子だ。脅かすようにワザと強く扉を叩いたのだ。

麻衣子は暴れる心臓に手をあてて玄関に向かう。

扉を開けると謎のトントンツーに興味津々の美紀が立っていた。隣には初対面の人物が立っている。背の高い坊主頭の青年。

美紀の先輩で、彼は現在、海上自衛隊に所属しているらしい。

「始まってる？　トントンツー」

全く美紀は他人事《ひとごと》である。

「うん、さっき始まって今も」

「あ、紹介するね。向哲夫《むかいてつお》先輩。昨日横須賀《よこすか》に戻ってきたんだって」

「どうも初めまして」

「初めまして。忙しい中わざわざありがとうございます。どうぞ」

麻衣子は二人を部屋に招《まね》き入れ、白い壁を指差した。

向がそっと壁に耳をつける。

すぐに振り返って納得したように頷いた。

「間違いないね。モールス信号だ」

麻衣子とは裏腹に向は興奮している。

まるで海底の沈没船に眠るお宝を発見したかのように。

「ほーらやっぱり向先輩に相談してよかったでしょ麻衣子」

「うん。それで、隣の人は何を伝えているんです？」

うん、と向は頷《うなず》いてもう一度壁に耳をつける。

モールス信号を読み取る向の顔はまるで少年に戻ったかのように生き生きしていて、

麻衣子はそれだけで少しホッとできたのだった。

しかしどうしたというのか、急に向の表情に影が差した。

「あの……」

向が人差し指を立てる。

長い沈黙。

隣の住人からの一方的なモールス信号。

ゴク、と向の喉《のど》が鳴った。

壁から離れた向の視線は麻衣子ではなく、ベランダの窓に向けられた。

シンプルなピンクのカーテンがかけられている。

「あの……」

声が震えた。身体中脂《あぶら》っぽくなっている。

「本当なら、今すぐ警察に通報した方がいい。タ、ス、ケ、テ、と言っている」

「どういう、ことですか？」

言ったのは美紀だ。麻衣子はすでに喋《しゃべ》れる状態にない。

「気をつけろ」

向は何かに取り憑《つ》かれたかのような鋭い声を上げた。

麻衣子は向の次の一言で心臓が止まりそうになった。

「外に不審な男がいて、君の部屋を見てる」

麻衣子は一瞬目の前が真っ暗になった。

ピンクのカーテンに恐る恐る視線を向ける。

「やだあ、先輩ちょっと外見てくださいよお」

向が窓に近づき、ピンクのカーテンにゆっくりと手を伸ばす。

「灯りを消して」

向が言った。美紀が言われた通り部屋を暗くする。

麻衣子はふと、部屋が妙《みょう》に静かであることに気づいた。

そういえば音がしなくなっている。

隣の部屋から聞こえていた、規則正しいトントントンツーが。

金具がカーテンレールとこすれて音を立てた。

向がピンクのカーテンを摑《つか》んでいる。

いよいよ彼の手によってカーテンが開かれようとしている。

麻衣子の部屋は三階だ。
隙間からうっすらと街灯の光が差し込む。
その光が麻衣子の脳を刺激したのか、脳裏に一人の男が蘇《よみがえ》る。
忘れていた。
ここに引っ越してきた日のことを。
男がベランダで干していた服のサイズは明らかに小さかった。
隣の部屋には子供が……いる。
トントンツーの主は子供だったの？
麻衣子は血の気を失った。
監禁？　虐待？
また、始まった。
トントンツー。
でも今までとは明らかにリズムが違う。
殺されちゃう。
向がボソリと言った。

連続女児誘拐殺人事件

昨晩放送された『未解決事件の犯人を追え』という番組でまず初めに特集されたのが川北登《かわきたのぼる》であった。

二十年前、埼玉県内で三人の女児を誘拐し殺害した犯人である。

三人の遺体には何《いず》れも悪戯された痕跡があり、最後に殺害されたと見られる女児に至っては手足を切断されていた。

川北は女児に悪戯《いたずら》する様子をビデオカメラで撮影し、録画したビデオテープを所轄《しよかつ》の警察署に送りつけるという大胆な行動を取った。そのビデオテープが犯人特定に繋《つな》がったのであった。

当時三十五歳だった川北登は無職であり、今で言う『引きこもり』生活を送っていた。

川北は六十を過ぎた母親と二人暮らしをしており、母親は川北の言いなりだったという。

尚、すでに死亡している母親は、息子が連続女児誘拐殺人事件の犯人であることを事件が明るみに出るまで知らなかったという。

昨晩番組の司会者は怒りの混じった声で、川北は今どこに潜伏《せんぷく》し、どんな暮らしをしているのか、と言った。

そのときリビングで番組を観《み》ていた田代《たしろ》美代子《みよこ》は、隣に座る旦那と五歳になったばかりの息子に動揺を見抜かれまいと必死だった。特に子供はちょっとした違いに敏感に反応する。それが怖くて何度もトイレとリビングを行き来した。

川北の顔写真が画面に映し出された瞬間、美代子の脳裏に二十年前の記憶がフラッシュバックした。

両親や旦那にさえ言ってない。

自分が川北事件の四番目の犠牲者《ぎせいしゃ》になるかもしれなかった、だなんて。

あのとき、すでに川北が犯人として追われていたのか、それともまだ事件が明るみに出る前だったか、美代子は時系列までは憶えていない。

小学五年の秋だった。

下校途中、軽自動車が横でピタリと止まって一人の男が降りてきた。

川北登である。

今思えば、川北は少し冒険したかったのか、或いは急に趣味が変わったのか、それとも趣味の範囲を超えて自分が魅力的に映ったのか。

美代子は確信はないが何れかであると考えている。

なぜなら川北が選んだ子たちは三人とも小学一年生だった。本来なら美代子は対象外だったはずである。

美代子は川北の軽自動車の助手席に乗った。絶対に知らない人についていってはいけないと両親から毎日のように言われていたにもかかわらず、である。

川北にどう誘われたのかなんて憶えていない。そんなのはどうでもよかったからだ。

川北は初めから殺すつもりだったのか、或いは悪戯することだけが目的だったのか、定かではない。

美代子は見知らぬ山林に連れて行かれた。

川北はトランクから小さなドレスを手に取って、これを着てほしいと頼んできた。ねばっこい涎をダラダラと垂らしながら。

ドレスに着替えた直後、悪戯するつもりだったのだろう。

なのに川北は残念な男である。

願望を果たせないどころか殺されてしまったのだから。

美代子は背負っていた赤いランドセルを下ろして蓋《ふた》を開けると川北を手招きした。

川北が目の前にやってきた瞬間、ランドセルの中に忍ばせていたナイフを川北の腹に突き刺した。

川北は運のない男である。

悪戯しようと選んだのが、人を殺すことに興味を抱いている女子だったのだから。

美代子は常日頃から人の殺し方について頭の中で妄想、研究していた。

ナイフだったらどれくらい深く刺せば死ぬのか。ロープだったらどれくらい絞めれば殺せるのか。

カッターでも人は殺《や》れるのか。であればフォークはどうか。

美代子は痛みにのたうち回る川北の首をカッターで切ってみた。しかし致命傷は与えられず、今度はフォークを首に突き刺してみた。

川北の目ん玉が飛び出そうになって美代子はとてつもない興奮を覚えた。

益々《ますます》血が騒いだ美代子はランドセルから短いロープを取り出し、川北の首に巻き付け思い切り絞《し》めた。

弱っていたからすぐだった。美代子をがっかりさせるほど。

グッタリとなった川北に対し呆気《あっけ》なく思った美代子は我に返ったとき、恐怖心が芽生えるどころか川北の遺体の切断に取りかかっていた。

バレるのを恐れたのではない。自分でも人間の身体を切断できるのか試してみたかった。

汚い返り血を浴びぬよう川北の衣服を脱がしてナイフと一緒に首にあてた。

全体重を乗せて、川北の首の切断に挑戦してみた。

かなり時間はかかったけれど成功した瞬間何とも言えぬ達成感が込み上げてきた。

美代子は首だけではなく腕や足も切断し、それを土の中に埋めた。

帰りは迷子のフリをして自ら交番に行って自宅まで送ってもらった。意外とそんなに騒ぎにはならなかった。

人間を殺害したのは後にも先にも川北だけである。

正直、願望がないと言えば嘘になる。

未だに、川北を殺《あや》めたときに使った凶器を保存しているから。旦那も子供も触らない、ドレッサーの中だ。

「ママぁ、アソボぉ」

五歳の息子が呼んでいる。

急に走ってやってきた。

「ママぁ、だーいすき」

秘密

神様の子供である僕はときに、人間の知られたくない秘密、或《ある》いは僕自身知らなくてもいい秘密を知ってしまうことがある。いくつものタイミングが重なって。内容によっては僕は神族であることが嫌になる。それくらい悩まされることがある。

一時間前、神奈川県大和市《やまとし》の団地である事故が起こった。

生後三ヶ月の男の子が心肺停止のため救急車で運ばれた。

が、間もなく死亡が確認された。

担当医は赤ん坊の両親に、『ＳＩＤＳ』であると説明した。

ＳＩＤＳとは乳幼児突然死症候群《にゅうようじとつぜんししょうこうぐん》のことである。

ＳＩＤＳが起こる原因は不明である。故《ゆえ》に不運としか言いようがないのだ。

でも僕は、僕とその人物だけは、赤ん坊がＳＩＤＳによって死亡したのではない、ということを知っている。それを遺族に伝えるつもりはない。遺族は赤ん坊の突然すぎる死に憔悴《しょうすい》し、現実を受け入れられないでいる。そこに追い打ちをかけるようなことはしない。

第一発見者は母親、ということになっている。

二階で洗濯物を干していた母親は一階で眠る赤ん坊の様子が気になって階段を下りた。

すぐさま赤ん坊が呼吸をしていないことに気づき、慌《あわ》てて救急車を呼んだのである。

受話器を置いた母親はもう一度赤ん坊を抱きかかえるも、どうしたらいいのか分からずただただ混乱するばかりだった。赤ん坊の顔は真っ青に変色しており、母親は赤ん坊の名をひたすら叫び続けた。

そんな緊迫した状況の中、室内の一箇所だけ全く別の空気が漂《ただよ》っていた。

パニックに陥る母親の横にはもう一人の子供が立っていた。

四歳になったばかりの長男、文人《ふみと》である。

文人は慌てふためく母親をじっと見上げていた。不満と悲しみとが入り交じった表情で。

右手には、お気に入りのキャラクターがプリントされたクッション。ほんの微《かす》かに唾液《だえき》がついていたのを母親は知らない。

文人がクッションを赤ん坊の顔に押し当て窒息《ちっそく》させたのだ。

理由はただ一つ。弟の存在が邪魔だったからだ。

弟が生まれる前は文人一人が可愛がられていた。全てを独り占めできていたのに、弟が生まれてから文人の扱いが変わった。

みんな弟だけを可愛がるようになって文人はほったらかしだった。

甘えても、不満を爆発させても同じだった。

お兄ちゃんなんだから我慢《がまん》しなさい。

大人は皆決まって文人にそう言って、文人は言葉通り我慢するしかなかった。

文人が赤ん坊の顔にクッションを押し当てたのは突発的な行動ではない。ちょっと前から計画していた。

弟がいなくなればまたみんな僕一人を可愛がる。どうやって邪魔者の弟を家から追い出そうか、と……。

文人に罪の意識はない。

それは人格の問題ではなく、文人にはまだ罪の重大さが分かっていない。

それ故に文人の秘密を知ってしまった僕は悩んでいる。

本来なら罰《ばつ》を与えなければならない。
僕は見てしまったのだから。
けれど文人はまだ四歳の子供だ。しかも自分が犯した罪をよく分かっていない。
僕はこれほどまでに苦悩したのは初めてかもしれない。
何らかの罰を与えるか否か。
病院にいる文人は依然、お気に入りのクッションを手に持っている。
ポツリと一人、好きなキャラクターを眺めているのだった。
僕は悩んだ末、文人に罰を与えない方を選んだ。
なぜなら僕が罰を与える必要がないからだ。
僕が罰を与えなくても苦しむときが必ずやってくる。
しかし罪を償《つぐな》おうにも償えない。それが一番苦しいかもしれない。
文人は幼い頃の過ちを後悔し、一生罪の意識を背負って生きて行くことになるだろう。
過去の秘密を打ち明けてもいいと思える人物が文人の前に現れてくれるだろうか。
それによっても文人の人生は大きく変わるだろう。

残酷な秘密。

ある意味文人も不憫《ふびん》だと僕は思った。

タンポポ

壊《こわ》れかけのチャイムが鳴った。ポーンの音が出なくて、ピーンポッ、と何だか歯がゆい。煮え切らないクシャミをする人みたいだ。

九十三歳のフサ子はここのところ具合が悪くて起き上がるのが辛《つら》い。

「はーい」

掠《かす》れた声。布団に横になったまま応対した。

「現金書留《かきとめ》です」

「どうぞ入ってください」

「失礼します」

ヘルメットを被《かぶ》った配達員がモグラみたいに襖《ふすま》からひょっこり顔を出した。ごくごく小さな平屋だから居間も寝床も玄関から様子が分かる。

「おいおい婆《ばあ》ちゃん大丈夫かい？」

「ええ、ええ、大丈夫です」

「現金書留ですが……」

「すみませんがこっちまで持ってきてくれますかねえ」

「分かりました」

配達員が靴《くつ》を脱いでやってきた。

「はい婆ちゃん」

フサ子は配達員に手伝ってもらって上半身を起こし、サインをする。

「ありがとうございます」

「婆ちゃん、お医者さん呼ぼうか？」

「いえいえ、ちょっと具合が悪いだけですからねえ。ありがとうございました」

「なら娘さん呼んだらどうだい？」

フサ子の一人娘だ。十キロほど離れた隣町で家族と暮らしている。

「娘は仕事がありますからねえ。私は大丈夫ですから」

「そうかい。じゃあ、あまり無理しないでね。何かあったら娘さん呼ぶんだよ？」

「ええ、ええ」

フサ子は深々と頭を下げ配達員を見送った。

ガラガラガラと音を立てながら建て付けの悪い玄関戸が閉まる。

フサ子は『速達』の赤い判子《はんこ》が押された茶色い封筒を見た。

『高畠純子《たかはたじゅんこ》』

孫からである。

フサ子は俄然《がぜん》ときめいて、シワシワの小さな手で封筒を開ける。心とは裏腹《うらはら》に、開けるのに少し時間を要した。

中には手紙と写真と一万円札が入っていた。

『おばあちゃん、なかなか会いに行けなくてごめんね。この前家族で撮った写真を送ります。それと、少ないけど使ってください。体に気をつけて。また電話するね』

フサ子は孫からの手紙と写真が本当に嬉しい。一人で暮らしているから尚更《なおさら》だ。

純子は五年前に結婚して現在東京で暮らしている。なかなか子宝に恵まれず心配していたのだが、昨年待望の第一子を妊娠《にんしん》し今年の初めに無事出産したのであった。

元気な男の子だ。

写真には元気いっぱいのひ孫が写っている。金太郎の格好をさせられているのが可笑《おか》しかった。

二枚目は純子も一緒だ。

三枚目は家族三人が並んでピースしている姿が写っている。

フサ子は写真を見ているだけで賑やかな気分になった。幸せそうで何よりだ。

手紙と写真だけで十分なのに。本人にも直接そう言っているのに。

フサ子は二つに折られた一万円札を手に取り、大事に大事に胸にあてた。

「いつもいつもありがとうねえ」

フサ子と同様、シワだらけの一万円札。長年日本中を旅してきたと思われる。

フサ子は立ち上がり仏壇《ぶつだん》の前に座る。

二十五年前に先立った夫、元治《もとはる》の遺影を見つめ、

「お父さん、純ちゃんは本当に優しい子だねえ。娘よりも孫だねえフフフ」

冗談半分、本気半分である。

フサ子は喉が痞《つか》えて咳《せ》き込んだ。咳《せき》をするだけでひどく疲れる。実はかなり心臓が苦しい。

フサ子は立ち上がり、タンスの一番上の引き出しを開けた。

衣類と衣類の間に手を入れて、隠すようにしてしまってある白い封筒を手に取った。

中には、これまで純子が送ってくれた一万円札が十枚。フサ子は一度も手を付けずに大事に保管しているのだった。

フサ子は孫にもう一度感謝してシワシワの一万円札を丁寧に広げる。

ゴホゴホと咳き込むフサ子の動作が止まった。

裏側の右上。

『10000』のちょうど真上の何も印字されていない部分に小さくタンポポが描かれている。

鉛筆で。可愛らしく。

かなり薄くなっているが、フサ子には花の絵が『タンポポ』だと分かる。

なぜならフサ子が描いたからだ。

もう二十五年も前になる。

その年、夫である元治が七十を前にして胃ガンでこの世を去った。

長年連れ添った夫を亡くしたフサ子は悲しみに暮れ、ようやく立ち直った頃、一万円札に小さなタンポポを描いた。

この一万円札がもし自分の元に戻ってきたら、お父さんが会いに来てくれる、と願いを込めて。

タンポポを描いたその一万円札は、妹の娘が第一子を出産した際にお祝いで贈ったのだった。

まさかあのときの一万円札が自分の元に戻ってくるとは思わなかった。

もっとも、フサ子はタンポポを描いた一万円札の存在すら忘れていたのだった。

タンポポが描かれたシワシワの一万円札。

たくさんの人たちと出会い、たくさんの物語を見てきたんだろうねえ、とフサ子は思った。

「おかえり」

日本中を旅してきたと思われるシワだらけの福沢諭吉《ふくざわゆきち》を労《ねぎら》うように言った。

巡《めぐ》り巡って、二十五年後に戻ってきてくれるなんて。

「お父さん、こんなこともあるんだねえ」

二十五年経《た》ってあのときの一万円札が戻ってきた今、フサ子は悟《さと》った。

お父さんが会いに来てくれるというのは非現実的なことではなく、そういう意味なんだな、と。

そのときが、もうじき訪れるらしい。

フサ子には何の恐れもない。

笑顔の元治に向かってフサ子は言った。

「待ってますよ、お父さん」

特急メモリー号

死後の世界は本当にあった。

八十五年間の人生を終えた桜木道夫《さくらぎみちお》は最期《さいご》の瞬間を思い出そうとするがなかなか思い出せない。

苦しまなかったのは確かだ。きっと老衰《ろうすい》だろう。

道夫は拳《こぶし》を弱く握った。自分だけ安らかに眠ったことが許せなかった。病気を患《わずら》い、長い時間苦しみ、最期は尽き果てるようにして死ねばよかったのだ。

車内が大きく揺れた。

まだ二十代と思われる女性が座席に横倒れになった。彼女は列車の揺れで倒れたのではない。表情を見れば分かる。

自分が死んだことがまだ受け入れられないのか、或《あ》るいは車窓《しやそう》に映る自分の記憶、過去に絶望したのか。

他の乗客の感情は知らない。皆じっと座席に座って車窓を眺めている。

誰も席を立とうとはしない。瞬《まばた》きするのも忘れている。皆、まるで何かの映画を観ているかのようである。

道夫も同様に車窓を見た。

車窓には道夫の人生が映し出されている。

誕生から死まで、ではなく、生まれた日に向かって過去を遡《さかのぼ》っている。

死後の世界は想像していた以上に不思議な世界だと道夫は思った。

いつ死んだのか定かではないが、道夫は気がついたら見知らぬ駅に立っていた。ひどく靄《もや》がかかった、それこそ夢の中に出てくるような駅である。

ホームには現在列車に乗っている者たちが立っていた。

間もなく制服を着たのっぺらぼうの男がやってきて皆に軽く一礼した。

男は駅長と名乗り、これから特急メモリー号に乗車してもらう、と皆に告げた。

メモリー号の車窓にはそれぞれの人生が映し出され、戻りたい場面が訪れたとき、そこに戻れるという。

しかし下車できるのはたった一度だけ。

制限時間は二十四時間。

その日が終わった瞬間、身体も魂《たましい》も消えてなくなるそうだ。

道夫は真っ先に妻である涼子《りょうこ》に想いを巡らせた。しかし最初に込み上げた感情は喜びでもなければ懐かしさでもない。妻に対する罪悪感であった。

道夫の妻涼子は三十年前、道夫を置いて先立った。

病気でもなければ事故でもない。

自殺だった。自宅で首を吊って死んでいたのだ。

脳裏《のうり》に浮かぶ妻の横に一人の女が現れた。

道夫は今、憎しみに満ちている。衰《おとろ》えきったはずの身体が強く震えている。

道重幸子《みちしげゆきこ》。

あの女が私たちの運命を狂わせ、妻を死に追いやった……。

道重幸子が涼子の前に現れたのは三十三年前。

道重は自称占い師であり、涼子は共通の知人を通じて道重と知り合ったのであった。

涼子は当時あることで悩んでいた。

それは、娘夫婦の不妊《ふにん》問題である。

娘の花《はな》は結婚して七年が経っていたが一向《いっこう》に子供ができず鬱《うつ》に近い状態だった。

その当時はまだ体外受精《じゅせい》及び顕微《けんび》授精の技術は発展しておらず、また費用も莫大《ばくだい》であったため、健康療法や漢方薬等で治療、改善するしかなかった。

しかしどれを試してもなかなか妊娠《にんしん》にはいたらず費用だけが嵩《かさ》んでいた。

娘夫婦と同様に悩んでいた涼子は自称占い師である道重幸子に相談したのである。

すると道重は涼子に『子宝の水』を試してみてはどうか、と提案した。

無論詐欺《さぎ》である。しかし冷静な判断ができなくなっていた涼子はその子宝の水に縋《すが》るしかなく、道重から大量購入してしまったのである。

道夫は子宝の水の詳細な金額を知らない。

結果的に水だけではなかったからだ。

水がダメなら数珠《じゅず》だ。数珠がダメなら今度は如来像《にょらいぞう》だ。といった具合に涼子は道重から次々と何の効力も持たないガラクタを買わされ、道夫が知ったとき、すでに涼子は悪質な金貸しにまで手を出して支払いに当てていた。

涼子がようやく詐欺であることに気がついた頃、すでに道重は道夫たちの前から姿を消していた。

道夫はそれから先のことはあまり思い出したくない。家の中にいても、外に出ても、毎日が地獄のようだったから。

追い詰められた涼子はとうとう自ら命を絶ってしまった。遺書も残さず。

また車内が大きく揺れた。

今度は道夫が横に倒れそうであった。

八十五の自分が咄嗟《とっさ》に反応できたのが不思議である。

道夫は、いつしか身体が若々しくなっていることに気がついた。

若々しいと言っても二十代のもちもちした肌ではない。

依然《いぜん》老化した肌である。

しかし八十五の自分と比べれば、道夫は活力に満ちた身体を取り戻したようであった。

車窓には五十五の自分が映っている。

どれも表情が暗いのは、妻の涼子が死んだ頃だからだ。

時間を遡《さかのぼ》る列車は一直線に進んでいく。

やがて涼子が蘇《よみがえ》った。しかし道重に騙《だま》されていた時代である。どれも取り繕《つくろ》ったような表情である。

道夫は、涼子と道重が出会った詳細な日時は知らない。
憎悪《ぞうお》に満ちた道夫は立ち上がった。
列車のドアには赤いストップボタンがついている。
戻りたいときが訪れたら押せとのっぺらぼうの駅長は言っていた。
道夫はこのあたりで押そうと思う。
列車を降りて、涼子から道重幸子の居場所を聞き出し、道重を殺害する。
殺害することに迷いはない。しかし殺害方法は未だ迷っている。
包丁か。ロープか。或《ある》いはどこか高いところに呼び出して突き落とすか。
道重が一番苦しむ方法はどれだ。涼子と同じ痛み、苦しみを味わわせてやる。
道夫はいよいよ赤いボタンの前に立った。
人差し指を伸ばす。迷いはない。
指が、赤いプラスチックに触れた。
「…………」
道夫の腕がダラリと落ちた。
道夫はボタンを押さなかった。

押そうとした刹那《せつな》、一瞬車窓に涼子の笑顔が映ったからだ。暗い顔ばかりだった涼子がである。

その笑顔は取り繕《つくろ》ったものではなかった。

なぜなのか道夫は分からないし思い出せない。あの時代、涼子が心から笑えるような出来事なんてあっただろうか。

道夫は席に戻った。

涼子の笑顔を見た瞬間道夫は自分が愚《おろ》かであることを知った。

たった一度しか下車できない。

過去に戻っても二十四時間しかないというのに、そんな貴重な時間を道重幸子に使うなんてそれこそ不幸だ。

道夫は幸せだった頃に戻りたいと思った。

もう一度妻の笑顔を見たい。

でも一日しかない。

やはり、涼子と出会った頃ではないかと道夫は思う。

涼子とはお見合いで出会った。お互いなかなか結婚せず、またいい人がいなかったため、周りが半《なか》ば強引に引き合わせたのだ。

今思えば涼子の方も気はあったのだけれどなかなか誘うことができず、出会ってから二週間経った日の土曜日、勇気を出して誘ったのだ。

『明日、デートしませんか』と。

道夫は思い出すだけで初々しい気持ちになった。お昼前に東京駅で待ち合わせて映画を観た後お昼ご飯を食べ、その後買い物をして銀座のレストランで夕飯を食べたのだった。

涼子にもう一度出会いたいと道夫は思った。

二十代の若かりし自分にも興味がある。もうすっかり忘れてしまった。

しかし涼子のあの頃の姿は今でも鮮明に憶えている。

現代っ子にしてみればあり得ないくらい古い髪型、古い格好をしていたけれど、当時は本当に可愛らしかった。

列車はいよいよ四十代の頃に突入する。

もう、後に降りかかる不幸な出来事など考えない。

ここから先は幸せな日々だ。

涼子が少しずつ若返っている。自分の姿も同様に。

道夫は、もっともっとゆっくりでいいと思った。

長い年月をかけて『あの日』に到着してほしい。

いやむしろ到着してほしくないという気持ちもある。

再会してもすぐに別れが訪れてしまうから。

道夫は首を横に振った。

そんな風に考えるのはよそう。

もう一度涼子に出会えることだけを考えよう。

時間を遡《さかのぼ》る列車はトンネルに入る。

長い長いトンネル。

トンネルを抜けた頃道夫の身体は蘇《よみがえ》ったかのごとく若さを取り戻しており、道夫は黒髪をかき上げながら立ち上がったのだった。

純真無垢《むく》な瞳で表情は初々《ういうい》しく、頬は赤く色づいていた。

同窓会

松田恭一《まつだきょういち》は町田駅に集う仲間たちに手を振った。町田市立町田中学三年一組のメンバーである。

七年ぶりの再会だ。今でも親しくしている者や、たまに会っている者もいるが、全員で会うのは七年ぶり。

恭一は集合時間よりも十分遅れて登場した。遅れた方がちょっと格好いいと思ったからだ。

全員揃ってるのだろうか？　何せ数が多いから把握《はあく》できない。

時間を過ぎているのを忘れて皆楽しそうに談笑している。

やがて皆が恭一に気づいた。

が、恭一が期待していたほどのリアクションではなかった。

遅刻を指摘されることはなく、やあ、だけである。昨日も皆と一緒だったっけ？　と錯覚《さっかく》するほどだった。

恭一に寄ってくるのは一人だけだ。今でも親しくしている恭太郎《きょうたろう》くん。『恭』繋《つな》がりという切っ掛けで仲良くなったのだった。

幹事が人差し指を使って数を数えている。が、なぜか首を傾《かし》げてもう一度数え出した。数が合わないのだろうか。更にもう一度数える。

恭一は不思議だった。少ないのなら何度も確認することはないだろう。

恭一はふとある人物が気になった。

お椀《わん》を被ったような可愛らしい髪型をした男子だ。

恭一は思わず目をそらした。目が、合ったのだ。

気になって一瞥《いちべつ》する。

なぜかこちらを見ている。恭一は妙《みょう》にドギマギした。

はて彼は誰だったっけ？

恭一はどうしても彼の昔の顔が思い出せない。ならば名前から思い出そう、と思うが、どれも一致しない。最後に、一番地味だった岡本裕太《おかもとゆうた》くんかなと思ったのだけれど、岡本裕太くんは少し離れたところにいる。

誰だ……？

皆も次第に彼のことが気になり出した。

恭一と同様皆首を傾《かし》げている。とある男子が彼に声をかけた。

「おまえ誰だっけ？」

すると彼は言った。

「松元知也《まつもとともや》です」

名前を聞いても皆ピンときていない。

そんな中、恭一だけは密かに動揺していた。今にも心臓が破裂しそうなくらいに。

恭一は表に出さぬよう必死だった。

松元知也。

矛盾しているけれど他の誰よりもハッキリと憶えている。

彼とは一年のときも一緒だった。

と言っても彼は入学式の一度だけしか学校には来ていない。故に謎の人物とされてきた。

とはいえもう七年の歳月が経っている。

松元知也と聞いても思い出せないのは当然だ。

卒業アルバムのクラス写真のページには名前だけしか載《の》っていない。それが妙に不気味なのだ。

三年一組のメンバーにも一年のとき松元知也と同じクラスだった者が数名おり、憶《おぼ》えていないだけで彼らは確かに入学式のときに松元知也の顔を見ている。

それでも思い出せないらしい。

恭一は激しく動揺しながらも過去を振り返る。

入学式の日、松元知也は恭一の後ろにいた。

振り返って挨拶《あいさつ》したのを今でもよく憶えている。でも彼は無反応だった。

しかし彼のことが記憶に残っているのは、その出来事が鮮烈だったからではない。

入学してから間もなく、恭一が住む地域で鳩《はと》や野良猫が変死体で見つかるという事件が連続して起こった。

殺し方は様々で、恭一自身、首のない鳩や内臓がえぐられた猫を見ている。

まだ中一だった恭一は犯人が同じ地域にいると思うと恐ろしかった。早く犯人が捕まればいいなと切に願っていた。

そんなある日のことだ。

下校途中、私服姿の松元知也を見かけたのだ。

彼はスプレー缶を手に持っていた。

何だろうと近づいてよく見てみると、それは殺虫剤だった。

家の中なら分かるが、どうして外なのに殺虫剤なんか持っているんだろうと恭一は不思議でならなかった。

彼は立ち止まると、一点を見つめた。

電柱の傍《そば》にいる鳩を見つめていたのだった。

人の気配に気づいたのだろう、松元知也が咄嗟《とっさ》に振り返った。即座に反応した恭一は彼に背を向けてその場を去ったのだった。

恭一は実際その瞬間を見たわけではないが、彼が動物殺害の犯人だったんだと思った。

結局犯人は捕《つか》まらぬまま時は過ぎ、いつしか動物の変死体が発見されることはなくなった。

恭一は生唾《なまつば》を呑《の》み込んだ。

どうして彼は同窓会にやってきたのだろう。

一番の謎は、誰が彼を呼んだのか、である。恐る恐る顔を上げるとまた目が合った。

彼が、こちらにやってくる。

恭一の前で立ち止まった松元知也が口を開いた。

「久しぶり」

あのとき、顔を見られていたのではないかと思うと恭一は震《ふる》え上がった。

タイムカプセル

小学校を卒業してちょうど二十年、いよいよタイムカプセルを開けるときがやってきた。

二十年前の三月二十八日、二十年後の三月二十八日に共に来よう、と約束した三人と再会した渡辺祐輔《わたなべゆうすけ》は大和市立つきみ小学校の校門を乗り越えた。

校内の桜は今が満開である。

タイムカプセルを埋めた二十年前も同じ景色だった。何だか小学生に戻った気がして祐輔はとてつもなく懐かしい想いであった。

お菓子のカンカンの中に自分への手紙や新聞。それに当時大流行していたお菓子やオモチャ等を詰め込んで学校の裏庭に埋めたのだ。

二十年経った今でも場所は明確に憶《おぼ》えている。

バスケットコートのちょうど真ん中だ。

祐輔は妙《みょう》にドキドキしてきた。スコップを握《にぎ》る手に力が入る。

カンカンの中に自分が入れた物は大体把握《はあく》している。でも全く記憶にない物もあるだろう。

他の三人が何を入れたのか、それも楽しみの一つだ。

同じカンカンの中に入れたのだけれど、他の三人が何を入れたのかは全く憶えていない。

普段小説をよく読む祐輔たちは、全く身に覚えのない驚くべき物が入ってたらどうしよう、と変な妄想を浮かべた。

例えば人間の手、とか……。

動物の死体、とか……。

ないない、と自分に言って祐輔はバスケットコートの真ん中に立った。

二十年前は皆素手で土を掘ったが、大人になった今、彼らは素手《すで》で掘る勇気はないらしい。

スコップを用意してきたのは祐輔ただ一人だ。祐輔が代表となって土を掘る。

が、いくら掘ってもタイムカプセルは出てこない。

どうやら微妙に位置がずれていたらしい。

最初は単純にそう思っていた。

しかし、なぜか出てこないのだ。周囲のどこを掘ってもタイムカプセルが。

間違いなく、あのとき埋めたのはバスケットコートの中央だった。

なぜないのだろう。誰かが掘り起こして持って行ってしまったのだろうか？

いや金目《かねめ》の物ならともかく中身は言わばガラクタだ。わざわざ持って行くほどの代物ではない。

ならば記憶違いだろうか？

もしかしたら中央からもっと離れた位置だったかもしれない。

祐輔は今いる場所から適当に離れて足元を掘ってみる。

やがて、コツンと手応えがあった。

タイムカプセルに違いない。祐輔は思わずあったぞ、と叫《さけ》んだ。

が、すぐに表情が曇《くも》った。

お菓子のカンカンではなく、出てきたのはなぜかジュラルミンケースであった。

お菓子のカンカンが土の中でジュラルミンケースに進化したとは到底《とうてい》思えない。それこそ小説の世界ではないか。

祐輔たちは同時に顔を見合わせた。

何だか気味が悪いけれど、それ以上に中が気になる。

ある程度掘り起こしたところで四人はせーのでジュラルミンケースを土の中から取り出した。

ケースの中身はなんだろう。

札束《さつたば》か？　それとも宝石か？

妙な期待が膨《ふく》らむ。実際そうだったら怖いけれど。

問題は鍵だ。ダイヤル式であり、これを解かなければ開かない。

祐輔は番号を推理するが、その必要はなかった。

鍵《かぎ》はかけられていなかった。不用心にもほどがある。

四人はせーのでケースの蓋《ふた》を開けた。

最初に目に飛び込んできたのはポータブルゲーム機だ。

古いゲーム機ではなく現代に作られた物と思われる。

が、見たことがない。

その下には袋のお菓子だ。ゲーム機と同様、見たこともないお菓子。

外国産の物なら納得《なっとく》できるが日本語で表記されている。

祐輔は裏を見て驚いた。六十年も先のお菓子？

賞味期限が『２０７６年６月５日』と表記されているのだ。

「おいこれ」

祐輔はそれを三人に見せる。三人とも祐輔と同様言葉を失う。

ジュラルミンケースの中には新聞も入っていた。祐輔はそれに気づくなり手を伸ばす。

『２０７５年3月25日』

祐輔は自分の目を疑った。

が、間違いなくそう書いてある。

祐輔は新聞を次々とめくる。

誰かがイタズラで作った新聞とは思えない。それくらいリアルなものである。仮にイタズラだとしたらできすぎだ。

その他には漫画本やフィギュアやカメラ等が入っている。等というのは、祐輔たちにはそれが何なのか理解できない物だからだ。

漫画本やフィギュアやカメラはいずれも見たこともない物である。

ケースの中を漁《あさ》る祐輔は息を呑《の》んだ。

一番下に、手紙が置いてある。

祐輔は手に取り、中身を見た。

『三十年後の僕たちへ。ハロー、やっと会えたね。三十年後の僕たちはどんな姿になっているだろう。まさか別の世界の、しかも過去にやってきてしまうなんて想定外だったんだよね。三十年後、またこっちの世界に来れたらみんなでケースを開けようね。バーイ』

祐輔はしばらく動けなかった。呼吸するのも忘れている。

この手紙に書かれている内容は本当なのだろうか？

手紙だけだったら信憑性《しんぴょうせい》に欠けるが、新聞の日付やお菓子の賞味期限等が真実を物語っている。のだろうか？

タイムマシーンに乗って、現代にやってきた？

別の世界ということは他の世界が存在しているということだ。

パラレルワールド、というやつだろうか？

もし、もしもこの手紙に書かれている内容が本当だとしたら……。

祐輔は咄嗟《とっさ》にあることに気づいた。

新聞だ。

本物だとしたら、この新聞は未来を告げている、ということになる。別の世界のものであっても、だ。

祐輔は友人から新聞を奪《うば》って社会欄《らん》や経済欄に目を通す。

「どうしたんだよ」

友人の一人が言った。

「まだ誰も知り得ない、誰も発明していない何かが書いてあるはずなんだ。それを知ることができれば俺たちは億万長者だ」

「でもさあ、二〇七五年だろ？　俺たちその頃には死んでるよ。生きててもよぼよぼさ。金なんていらなくない？」

「…………」

その通りだ。

いやそうじゃない。二〇七五年にそれを成《な》し遂《と》げるのではない。今すぐに実行すればいいんだ。

祐輔は未来の新聞に取り憑《つ》かれる。

あった！　これだ。

シェルター

何だよまだ追ってくるのかよっ！

いい加減勘弁《かげんかんべん》してくれ頼むからもう許してくれよ！

若松童夢《わかまつどうむ》は今にも心臓が破裂しそうである。その前に気を失うかもしれない。

カバンが重すぎる。いっそのこと捨ててしまおうかと思った。

若松は自分のタイミングの悪さを恨《うら》んだ。

本当に運がなさすぎる。どうして自分はいつもこうなんだ。肝心《かんじん》なときに限ってミスをしたり運に邪魔されたりする。

ダメだ諦《あきら》めるな。相手だって疲れてるんだ。絶対に勝てる！

真夜中の住宅街を走る若松はT字路を左に曲がってすぐに右に折れた。

振り返ってみる。相手の姿は見えない。

まいたか？

若松は次の交差点を左に曲がる。やがて大きな公園が見えてきた。

体力はとっくに限界を超えている。

一度公園に逃げ込んで、もしも相手がやってきたら隠《かく》れるなり、余裕があればまた逃げるなり、状況に応じて判断しよう。

大丈夫だ相手は全く休んでいない。その頃にはヘロヘロになっているはずだから。

公園に逃げ込んだ刹那《せつな》、若松はハッと振り返った。

相手がこちらにやってくる。まいたと思ったけれど、足音からしてすぐそこにいる。

しつこすぎる。何なんだ全くもう……。

どうしよう。逃げるか。隠れるか。

一度休んでしまった若松にはもはや走る気力がない。カバンを持っているから尚更《なおさら》だ。カバンが鉄球のように重く感じるのだ。

隠れると言っても、隠れる場所が……。

若松は思わず大声を上げてしまった。

砂場に五十くらいのオールバックの男が立っていたからだ。

最初からいただろうか？

男は丸縁《まるぶち》の眼鏡《めがね》をかけており、優しい瞳で若松を見つめている。

しかしあまりに場違いである。男はタキシード姿なのだ。両手には白い手袋まではめている。

「追われているようですね」

若松は心臓が止まるかと思った。

「え、ああ、ちょっと……」

「この中にお逃げなさい」

「この、中？」

若松は覗くようにして砂場を見る。しかしただの砂場だ。からかわれているのか。若松はちょっとムッとした。

或いは変な薬でもやっているのかもしれない。こんな真夜中に、しかも公園にタキシードを着てやってくるなんておかしすぎる。

男がフフフと笑った。

小さく屈《かが》んで手袋をはめた手で砂を払う。

やがて四角い鉄の蓋《ふた》が姿を現した。

マンションのバルコニーに設置されている避難《ひなん》はしごの蓋によく似ている。

取っ手があり、男が両手で蓋を開く。初心者がバイオリンを弾いたときみたいな間抜けな音が周囲に響く。

中の光がパッと広がり、暗い砂場を仄《ほの》かに明るくした。

若松は恐る恐る中を覗く。

螺旋状《らせんじょう》の階段があり、下に行けるようになっている。中は明るいが、螺旋状だから下がどうなっているのかまでは分からない。

若松は呆気《あっけ》にとられた。

「こ、こ、これは……？」

「地下シェルターでございます」

「地下シェルター？　どうしてこんなところに」

「そんなことは後です。ささ、どうぞお逃げになってくださいませ。早くしないと捕《つか》まってしまいますよ」

若松はあれこれ考えずとりあえず地下シェルターに逃げ込むことにした。

螺旋状の階段を一段、また一段と下りていく。

バタン、と蓋が閉められた。

一ミリの隙間もないらしい。風の音すら聞こえなくなった。

ところでタキシードの男はどうしたのだろう。

まあいいかと若松は螺旋状の階段を下りていく。

階段を下りきった若松はポカンとなった。

今度は通路だ。

長い長い通路がずっと先の方まで続いている。シェルター内は明るいが、通路が長すぎてゴールが見えない。

「おーい、聞こえますかあ？」

上を見上げて声をかけた。

すると男の声が返ってきた。

「聞こえます」

「この先ってどうなっているんですか？」

「広い広い、とてつもなく広い部屋があります」

「そうですか。そろそろ外に出たいのですが。もう大丈夫だと思うので」

「ええ。あなたを追っていた警官はもう遠くの方へ行きましたよ」

若松の心臓がどくっと波打つ。

「公園内を隈《くま》無く捜《さが》していましたが、まさか砂場に地下シェルターがあるなんて思いもよらないでしょう」

動揺する若松はある違和感に気づいた。

「あなたが怪しまれたんじゃないですか。匿《かくま》っているんじゃないかと」

「怪《あや》しまれるはずがありません」

「どうしてでしょうか」

「警官には私の姿は見えません」

「は？」

「私は神の使いです。今は坊ちゃんが我々を見守ってくださっていますが」

若松は激しく混乱した。

ちょっと待てこれは現実か？

冷静に考えれば何もかもがおかしい。

まず公園の砂場に地下シェルターがあるはずがない。

神の使い？　坊ちゃん？　一体何を言っているんだ。

「あなたが持っている赤いカバン。それはさっき女性から奪ったものですね」

若松は血の気が引いた。

「なぜそれを」

「被害にあった女性ですが、あなたに突き飛ばされた際、壁に頭を打って、今病院に運ばれています」

男の言う通りだ。女性からカバンを奪って、抵抗してきたから突き飛ばした。でも壁に頭を打ち付けたなんて知らない。

タイミング悪く警官がやってきたから。

「心配いりません。女性は命に別状はありません」

若松は安心するどころか更に心臓の鼓動が激しくなる。

階段を駆《か》け上った刹那《せつな》、

「もう蓋は存在しませんよ」

相変わらず穏《おだ》やかな声色で男が言った。

「だから誰も地下シェルターの存在には気づきません。いくらあなたが叫《さけ》んでも外には届きません」

若松はさらに階段を駆け上る。男の言う通り蓋が消えている。コンクリートの天井である。

叩いても無駄《むだ》だった。びくともしない。鈍い音がするだけだ。

「地下シェルターで罪を償《つぐな》っていただきます」

「罪を、償う？」

「下に降りて通路を歩いて行くと、広い広い部屋に辿《たど》り着きます。そこで一生暮らしなさい。心配ありません。ちゃんと水と食料は完備してあります。一生分ね」

「そんな、冗談でしょ？」

「冗談なんかじゃありません。あなたはそれだけのことをしたんですよ」

若松は段々怒りが込み上げてきた。

「いいから出せって。ひったくりごときでそれはないだろう。だったら捕《つか》まった方がマシだ」

「あなたは自らその中に入ったのですよ」

「うるせえ。いいから出せ！　出せ！　出せよ！」

「最後に、あなたの目当てだった財布《さいふ》。あれはあなたがシェルターに入る瞬間抜き取ておきました」

「え？」

若松は慌《あわ》ててカバンの中をまさぐる。

ない。確かにない。

「ま、もっともその中で一生暮らすのですからお金は必要ないでしょう」

若松の右手からスルリとカバンが落ちた。

「ああそれと、あなたには関係ありませんが小さなウサギのぬいぐるみも返していただきました。どうやらお母様から、亡くなる直前にプレゼントされた物らしく、幼い頃からとても大事にされていたようなので」

若松には男の声は聞こえていない。

螺旋状の階段を転げ落ちていた。

死神と赤いボタン

超退屈な引きこもり生活からやっと解放されるときがきた！

人間スーツを着てハワイ旅行を楽しんでいた神様がようやく帰ってくるようなのだ。

最初は退屈で退屈で下界にゲロを吐いてしまいそうだったけど、今思えば色々な人間で遊べたからまあまあ楽しかったように思える。

ただもう二度とごめんだ。やっぱり神様という立場は性に合わない。

再び自由の身となれることを知った僕は、もはや日本のことなどどうでもいい。

神様が帰ってきたら人間スーツを身にまとって下界に遊びに行く。

出所が間近に迫った囚人《しゅうじん》の気分だ。

その日はパーッとドンペリでも開けてどんちゃん騒《さわ》ぎと行こうじゃないか。

スーツを着てベンツに乗って可愛い姉ちゃんはべらせて……。

風船のように大きく膨らんだ妄想が、一瞬にしてパンと割れた。

訪問者である。

その訪問者に僕は息を呑んだ。

黒装束を身にまとい、右手に大きな鎌を持った骸骨《がいこつ》。

死神である。

子分であれば一瞥《いちべつ》してシッシと手で払ってそれで終わりだった。

僕は死神と向き合った。

とうとう現れてしまったか、という思いである。よりによって神様が帰ってくる直前に現れようとは。

僕は動揺せざるを得ない。

死神は直接人間界に不幸をもたらすことはしない。

死神はある意味予言者みたいなものだ。

現れたら必ず人間界に不幸な出来事が起こる。

だから僕は何もすることができない。動揺せざるを得なかった。

僕たちに一切会話はない。

死神はしばらく僕を見据《みす》えた後、去っていった。霧《きり》の中に消えていくように、スーッと。

その直後であった。

ドン、と花火が打ち上がるような衝撃音が僕のところまで伝わって、次の瞬間日本列島がズシリと揺れた。

僕の目には文字通り日本列島全体が映っている。

最小限まで縮小しているにもかかわらず、揺れたのが分かった。

中部、近畿《きんき》、関東地方がジワジワと灰色《はいいろ》に染《そ》まっていく。

天から下界を見下ろす僕はすぐに何が起こったのかを知った。

富士山が噴火したのである。

どれほどの被害をもたらしているのか確認している猶予《ゆうよ》なんてなかった。

僕は、手元にある『赤いボタン』を見た。

非常用のボタンであり、押せば世界中の時が止まる。

世界各国に存在する神様全てに押す権限があるが、時を止められるのは僅《わず》か三分だけである。

しかも一度使用すれば一年間は使用できない。

僕に迷いはなかった。

日本国民は今最大の危機に直面している。救えるのは僕しかおらず、日本国民もまた『神』に祈っているはずである。

僕は灰色に包まれた日本列島を見据《みす》えながら、手元にある赤いボタンを押した。

おまけ

再び時が動き出した瞬間日本列島は薄黒い雲に覆《おお》われ、ザッと雨が降り出した。灰の混じった灰色の雨である。

国民の更《さら》なる嘆《なげ》きが天まで聞こえてきそうだ。

被害地域の住民は災難《さいなん》続きだな、と僕はヒトゴトながらに思った。

しかし彼らは気づいていないだけで実に運がいい。

富士山が噴火したことによって日本は甚大《じんだい》な被害を受け、今も尚《なお》、被害は拡大しているが、僕が時を止めたお陰《かげ》で人命は一つも失っていない。

ありんこみたいに小さい人間を両手ですくって安全な場所にせっせと移したのだ。

金魚すくいで店主が見ていない隙《すき》にズルする子供みたいに。

死亡者を一人も出さなかったのは奇跡としか言いようがない。何せ三分間しかなかったのだから。

今頃被害地域に住む住民たちは混乱しているに違いない。大噴火が襲《おそ》ってきたはずなのに、気づけば安全な土地にワープしているのだから。

僕は雲の上から全国民に伝えたい。この三分間で何が起きたのかを。

それが許されないのなら皆、僕を称《たた》えてくれ。英雄と。崇《あが》めてくれ。神様と。

この先のことは僕は知らない。ハワイから帰ってきた神様にバトンタッチするだけだ。


代理として責任を果たした僕は、もはや日本のことなど興味がない。

僕は今赤いボタン、の隣にある『黒いボタン』が気になって仕方ない。

無論最初から黒いボタンの存在は知っていた。

ただ気にしないフリをしていただけだ。

本当は押してみたくて仕方なかった。

ウズウズするたび自分を抑えていたのは黒いボタンが禁断のボタンであるからだ。

僕は黒いボタンが何のボタンなのかを一切聞かされていない。

幼い頃から、黒いボタンだけは絶対に押してはならないと神様からきつく言われてきた。

でも赤いボタンを押すと、黒いボタンも押してみたいという感情が再燃《さいねん》し、僕はもはやその感情を抑《おさ》えられない。
絶対にしてはならないと言われるとしてみたくなるであろう。
それは人間だけではなく神様の子である僕も同じなのだ。
ペンキ塗り立てと書かれてあると触りたくなるだろう。砂場の「お山」を壊しては
いけませんと言われると、余計に壊したくなるだろう。あれと一緒だ。
僕は押す決心をした。
多くの人命を救ったのだそれくらいの権利はある！
しかしいざ押すとなると緊張してきた。
黒いボタンを押すと一体何が起こるのか。
それは神のみぞ知る、と人間はよく言うが、当の神様はまだハワイだしな……。
人間界にどんな影響を及ぼすのかは知らないが僕にとっては好機なのだ。
神様が留守にすることなど滅多《めった》にないのだから。
いよいよ長年の謎が解けるときがきた。
僕は黒いボタンの上にそっと手を置いた。
ここへきてまた迷いが生じたが最後は勢いだった。

灰に包まれた日本列島を尻目《しりめ》に、ええい、と黒いボタンを押してみた！
僕は咄嗟《とっさ》に目を閉じた。
何が起こってしまうのかを恐れたからではない。
押した瞬間稲妻に襲われたかのごとく蒼白《あおじろ》い閃光《せんこう》に包まれたのである。
やはり僕はとんでもないことをやらかしたのかもしれない。
一方で僕は興奮しているのだった。
目を開けたらどんな世界が広がっているのだろうか。
意を決し、そっと目を開けてみた。
僕は目の前の光景に瞠目《どうもく》した。

こぼれ話――カバーイラストの秘密

ふすい

本書は2016年に発行された『神様のコドモ』を文庫化したものですが、当時刊行された単行本の時は、サイズがこの文庫版より大きく、カバーのイラストは裏側（専門的な言葉でいうと、表4と言います）まで入っていて、カバーを外してみるとわかるのですが、横長のイラストでした。

実は、この時のイラストにちょっとした仕掛けを施《ほどこ》したので、その話をしたいと思います。

『神様のコドモ』の装画の依頼を受けて、原稿を読ませていただいた時に、あまり読んだことのない、面白い視点で描かれている物語だなと思いました。

「神様の子」は、天界から地上を見下ろしている。そしてときどき、人間界にいたずらをする。子供らしい無邪気《むじやき》ないたずらの時もありますが、悪い人に罰を与える時には、強い正義感や確かな優しさを発揮します。「コドモ」とはいえ、やはり「神様なんだな」と思えます。神様にはなりきれていない「神様の子」って、ものすごく不思議な存在なのだと感じました。

早速「神様の子」をイラストにしようと思いました。まず、「神様の子」の姿は、人間の子供と同じような姿にしようと決めました。子供なら誰もが持つ、ちょっとしたいたずら心や寂しさ、正義感や優しさを、「神様の子」も持っているからです。ただし、その時、神様の子に見えている世界と、私たちのいる世界は、違うのだろうか？　ということに悩みました。

そして完成したイラストがこちらです。（↓）

［正位置］

［逆位置］

このイラスト、実は、逆さまにすると、また違った景色が見えるのです。（↑）

「正位置」（前ページ）の時、「神様の子」は高いところ……屋上にいます。そして、いるはずのない人たちのシルエットが水たまりに映り込んでいます。〝天界〟では、神様の子はひとりぼっちなのですが、実は人間の存在とともにある、という印象が絵に出ていたらいいなと思いました。

これが「逆位置」（↑）になると、今度は地上の世界が広がっています。神様の子は、都会の雑踏の中にいる、普通の人間の少年の姿になります。でもやっぱり、神様の子はいつも孤独だと感じたので、周囲の人間をシルエットの姿にすることにより、より一層孤独感が伝わるようにしました。

さらに神の世界と人間界の境界線は、そもそも曖昧なのかもしれない、と思ったので、その印象を描くために、強い光を入れました。また、正位置の「天界」と、逆位置の「人間界」が見える、二度楽しめるようなカバーイラストにしました。

そしてこのたび、ありがたいことに『神様のコドモ』の文庫版の装画も担当させていただきました。ご覧の通り、天界ですやすやと眠る神様の子の姿を描きました。実はこの装画は、単行本の時に「もう一案」としてご提案したイラストが元になっています。

こちらでは、神様の子が、寂しいばかりではなく、人間への愛情を抱いて存在するんだという印象を描きたかったのでした。「神様のコドモ」の愛を表現したかったのです。

私自身がこの物語をとても楽しく読ませていただきましたので、ちょっとしたこぼれ話でした。ここまで読んでくださり、ありがとうございました。

――イラストレーター

解説——ショートショートってなんだろう？小説ってなんだろう？

タカザワケンジ

小説は言葉だけでできています。小説家は言葉だけで私たちの想像力を刺激し、ドキドキさせたり、ワクワクさせたり、涙を流させたりするのです。不思議ではありませんか？ 小説家は、小説という世界の中で全知全能。まるで神様です。

山田悠介さんもその一人。『リアル鬼ごっこ』『親指さがし』『その時までサヨナラ』などの作品で知られている人気小説家です。その山田さんが初めて挑んだショートショート作品集がこの『神様のコドモ』なのです。

ショートショートとはどのような小説でしょうか。小説にはその長さによって長篇、中篇、短篇の区別がありますが、ショートショートは短篇よりもさらに短く、数ページで完結する作品。日本ではなんといってもSF作家の星新一《ほししんいち》が有名です。国語の教科書にも載っているので、読んだことがある人も多いでしょう。海外ではアメリカの小説家、オー・ヘンリーがこのジャンルをメジャーにした作家で、「最後の一葉」や「賢者の贈りもの」は古典的名作です（実は山田さんは本書に収められた「アカン糸」という作品の一節で「最後の一葉」へオマージュを捧げています）。ほかにベテランでは阿刀田高《あとうだたかし》、江坂遊《えさかゆう》。若手では田丸雅智《たまるまさとも》がよく知られています。

ショートショートは簡潔に状況や登場人物を紹介し、あるできごとが起き、最後に意外な真相や、不思議なオチがつくという流れが一般的です。文字数に限りがあるだけに最後の一行で読者を唸《うな》らせるものが名作だとされています。

では山田さんのショートショートはどうでしょう。物語にひねりがあり、こう来るか、という展開の妙はセオリー通り。しかし、最後の一行がオチではなく、語り手や主人公の吐息のような一言になっているところが独特です。私は山田さんのショートショートの魅力は、この最後の一行にあると思います。

たとえば、「あ、いやその前に逮捕か。」とか、「最後の瞬間を、看取ろうと思う。」という一行。どの作品かは読んでいただいてからのお楽しみですが、この二つの作品は続いていて、同じ題材を扱いながら対照的な一行で終わっています。前者の突き放したような一言と、後者の真剣な思い。それぞれの一行に込められたホンネに、少しもウソがないと思えるのです。

ところで、肝心なことに触れていませんでした。『神様のコドモ』というタイトルについてです。最初に収められている「神様の子の暇つぶし」は作品集のタイトルでもある神様の子が語り手です。彼は日本の神様の子で、神様は出張中。『人間スーツ』を着てハワイ旅行に出かけているそうです。神様の子は神様の代わりに日本を眺めていなければならないのですが、スマホのように指を動かすだけで日本列島を拡大・縮小して人間たちの営みを見ています。

しかし、人間に深く関わってはいけないのが原則なので見ているだけ。いくらなんでも退屈です。そこでついつい原則を破り……というのが出発点です。そんな神様の子のいたずらや、ちょっとした思いやりがいくつもの物語を生んでいきます。一方、神様の子が登場しない、人間やアリ、人形、妖精が主人公の物語もあります。では、この作品には神様の子の物語と、そうではない物語が混在しているのでしょうか。私は違うと思っています。この作品集に収められたショートショートは同じ世界観のもとに作られているのではないでしょうか。その世界観とは、人間や動物たちが「神様の子に見られている（かもしれない）」という世界観です。

私がそう思う根拠は、人間の物語が続くとまた神様の子の物語になり、最後も神様の子が締《し》めているからです。神様の子の一人称の間に、人間たちの三人称を挟むことで、人間の暮らしがすべて神様に見られていると感じられるのです。神様の子は神様と違って未来は見えません。だから、いま起きていることがどうなるかはわからない。その点で神様の子も読者と同じように物語を楽しんでいるとしたらどうでしょう。

しかし、神様の子とは絶妙な設定です。オトナの神様では思いつかないような発想や、人間へのホンネを口にできるのはコドモならではです。オトナはコドモより偉いと思い込んでいますが、実は常識に慣れ過ぎていて、新しい発想などできません。きっと神様だって同じ。コドモの無邪気な（でも、ちょっと過激な）行為が地上の人間にどんな運命をもたらすのか、先が読めないから面白いのです。

もちろん、純粋で優しい気持ちもコドモならでは。いくつかの作品ではその優しさが読者の心に温もりを与えます。そう考えると、作者の山田悠介さんは「神様」というよりもむしろ「神様のコドモ」なのかもしれません。小説家とは、物語をつむぐことで、世界をまるごと作り出す存在です。山田さんはその神のごとき小説家の中でも、少年の心を失わない永遠の「コドモ」なのではないでしょうか。

――書評家

この作品は二〇一六年三月小社より刊行されたものです。

神様《かみさま》のコドモ

山田《やまだ》悠介《ゆうすけ》

令和元年8月10日　初版発行

発行人――石原正康
編集人――高部真人
発行所――株式会社幻冬舎
〒151-0051東京都渋谷区千駄ヶ谷4-9-7
電話　03(5411)6222(営業)
03(5411)6211(編集)
振替00120-8-767643
印刷・製本―中央精版印刷株式会社
装丁者――高橋雅之

検印廃止
万一、落丁乱丁のある場合は送料小社負担で
お取替致します。小社宛にお送り下さい。
本書の一部あるいは全部を無断で複写複製することは、
法律で認められた場合を除き、著作権の侵害となります。
定価はカバーに表示してあります。
Printed in Japan © Yusuke Yamada 2019

幻冬舎文庫

ISBN978-4-344-42892-8　C0193　や-13-18

幻冬舎ホームページアドレス　https://www.gentosha.co.jp/
この本に関するご意見・ご感想をメールでお寄せいただく場合は、
comment@gentosha.co.jpまで。